中国多民[illegible]丛书 / 第六辑

遗失的手稿

王学军 / 著

作家出版社

王学军　1982年生于宁夏中部的回族牧羊人群体。11岁进入羊群并在原野上牧羊长大。17岁开始自学读书。2014年开始写作诗歌，目前诗歌发表于《回族文学》《松花湖》《朔方》《长白山诗歌》《三江源》《流派诗刊》《辽河》《东方诗刊》《雨时诗刊》《温度》等十几家文学刊物。2015年开始散文写作，散文发表于《回族文学》《民族文汇》等刊物，并获得第七届新月文学奖·散文奖，吴忠市优秀作家奖。有作品入选《当代回族作品大系·诗歌卷》《中国乡村诗选编》。已完成诗歌集《秘境的心声》，散文集《遗失的手稿》入选2017年中国作协少数民族重点作品扶持项目。鲁迅文学院第27届少数民族作家班学员、宁夏作协会员。目前主要以种田、牧羊、打工为生。

作者近照

编 委 会

目　录

第一辑　青春的河流

第二辑　血脉的芬芳

第三辑　捡拾的碎片

附　录

第一辑

青春的河流

午后的呼啸

我躺在柔软的草地上，仰望着寂寞的蓝天充满了幻想：如果我是一只鹰，就一定飞去蓝天的那一头，看看世界的另一副模样；假如我是一匹狼，定将放开四足驰骋远方，尽看大地的无限风光。

世界安静地令人寂寞难耐。

羊群已经在前方的山坡上散开，远远地望去，虚虚的，如一朵朵云，在午后的蜃景中飘舞。初秋的原野上，草如浪，结籽后的野草带着耀眼的粉红色。蚂蚱偶尔飞过眼前，发出尖锐的叫声，如一粒石子般把一丝涟漪投入静谧。白蝴蝶成群地飞舞着，似乎在追逐什么，一晃眼就去了远方。

远处，伊斯玛哥的羊群已经走上河岸，散开如一条白色的粗线，向我的方向漫来，看来，我俩一时半会儿还不能走到一起。

午后懒洋洋的，老辈人都说，二八月的羊如漫场。正是放羊最舒心的季节。

伊斯玛哥已经六十多岁了，是这片草地上唯一还在放羊的老人。他总是背着沉重的包袱，每到礼拜的时候，就放下包袱，拿出水壶洗净，然后铺开礼拜毯，就能听到他悠扬的诵经声了。尤其是傍晚，站在昏暗的光芒中，他诵读得很长。他的嗓音女声很重，柔软的诵读如潺潺的流水，忘情地流着，我总是悄悄地坐在远处聆听，寂静中夜晚总是在他悠扬的念诵中悄悄地漫了过来。

秋天的羊圈上，流动的羊群基本上都转场走了。就剩下伊斯玛哥和我一老一少两个人的羊群还拉在这大山里，他负责做饭，我给他背柴火，追羊群。

偶然间，我发现了他的一个秘密。

一天下午，我安顿好羊群，收集了一捆柴火早早地回来了，住处在一条隐秘的山沟里。我背着柴捆爬过山梁后累得热汗直流，就坐下来喘口气，就看到沟底的土窑顶上正升起温馨的炊烟。啊，伊斯玛哥今天也回来得早，已经在做饭了。

我刚一坐下，就有悠扬的花儿飘来了。

马五子，阿哥哥的好心肠，
阿妹妹就爱你的俊模样。

粗犷的歌谣有柔软的丝丝女声，悠扬的花儿，尾声如波浪，缓缓地在空旷的大地上飘扬。歌手已经被凄迷的爱情故事陶醉，节拍紧凑，音调婉转。被沉寂淹没了太久的深山里，竟然有这样优美的歌谣藏在草海和荒凉深处！

我没有露面，躺在山顶上静听。直到他不唱了，似乎还意犹未尽地叹息了几声，我才背起柴捆，踏着黄昏现身了。

怎么也无法把那曲高亢、悠扬、婉转、颤抖的歌声和身边这个和蔼、严谨、寡言的老人联系在一起。

每天晚上，我和他一起睡在露天的羊场上，我正痴迷于收音机里每天晚上定时播放的单田芳的评书《百年风云》，他安静地躺着，悄没声息的，似乎感觉不到身边还睡着一个人。只是他让我安全，方圆几百公里只有我们两个人，因为有他，我从来都没有害怕过夜晚的孤独。

他总是在深夜里悄悄爬起来，去羊群边转一圈，再轻轻转回来继续安静地睡觉。我跟着羊群跑了一整天，躺下来就不想翻身了。听说附近有狼，只是伊斯玛哥从来也没让我陪他巡过夜。

夏夜凉爽而苦短，睡意沉沉中，我听到伊斯玛哥在动，他轻轻地念着经文走远了，我知道他是去洗小净了。一会儿又回来了，就听到他开始高声诵经了，是已经在做晨礼拜了。他不是清真寺里那种标准的抑扬顿挫的诵读，而是自我陶醉的腔调。我闭着眼睛听，伴着诵读，他似乎去了遥远的地方，声若游丝，却慢慢地似乎从秘境又走回了现实。

我知道天已经亮了，就懒懒地起来，伊斯玛哥已经去窑洞做饭了。我依次催起两群羊，让它们先去山里。我俩吃过饭再去追羊群，开始一天的奔波。

我坐在沟坎边，伸长脖子远望，伊斯玛哥的羊群如一条白色的波浪，慢慢地漫着，他站在白线的另一头，青衣白帽被宏大的视野压缩成一个黑点在轻轻地蠕动。

我突发奇想，我藏在这里，也许他陪羊群久了，寂寞了，会再唱一段《马五哥》呢，我是太想听了，只是不敢向遵守教门的他开口啊。

躲在草堆深处，打开收音机，单田芳苍老的声音正在讲《白眉大侠》，湛蓝的天空，宁静的下午，淡淡的花草香和侠义的世界。不知道什么时候，我进入了梦乡。

一阵如马群奔腾般的气浪把我从慵懒的睡眠中催醒。我爬上沟坎，伊斯玛哥的羊群什么时候已经到了我的前方，此时挤作一团，转着圈子惊恐地齐齐伸长脖子望着不远处的沟边，传播恐怖的鼻息声响亮地传来。小羊嘶鸣着，头羊围着羊群在跑圈子，五百多只羊如同河水里的漩涡，沸腾着，空气紧张得快要凝固。

我赶紧抓起包袱追了上去，奇怪，伊斯玛哥竟然背对着羊群坐在沟沿边，对羊群的翻滚不看一眼，只是如山岳般钉在那里，目不转睛地盯着沟底。他一动不动，如同进入了物我两忘的境界。

我一口气跑向羊群，放开嗓子拖长声调高喊了几声，羊群听到喊声后开始慢慢向我的方向靠拢，我慢下奔跑的脚步，慢速地靠近羊群，等我走进羊群，头羊才终于安静下来了。突然就传来了伊斯玛哥焦急地呼喊：

“尤苏夫，快把羊群催到山洼那边的平塘，也别让你的羊群接近沟岔。”

不知道发生了什么！

我本能地按他的要求把躁动的羊群催过山口，远处，我的羊群正把前方的一片山坡散白。把伊斯玛哥的羊群递顺后，我快速返回，想知道究竟发生了什么。

已经几个小时了，他依然坐在沟沿边，基本没有动过，好像是无限深情地望着沟底。我站在高处，顺着阳光看他，他的背影矮小的失去了原有的风度，广阔的大地上，如一个暗影，静静地定在那里。

我一口气跑向他身边。

肯定是发生了什么，他从来没有过这样异常的举动！

等跑到近处，我突然发现他的白帽子已经因为频繁的清洗而破旧如一片抹布。他肩膀抖动着，很明显已经疲惫已极，双手拄着鞭杆，整个身体佝偻着，倚靠在上面。只是目不转睛地盯着沟底，依然没有分神。

我慌忙地跨到他身后，看到的一幕，使我一下子呆在了原地。

伊斯玛哥的正前方，也就二十几米远处，沟下的土堆上，突兀地蹲着一匹灰色的狼！

这是我有限的经历中第一次看到狼。我绝不会认错，它蹲在前方，很明显狼的前身比狗要僵硬，它昂着头，一脸狡黠，眼睛里射出幽幽的光，耳朵耷拉着，能感觉得到它在神聚和形散之间徘徊着。初秋的狼，皮毛并不如传说中丰厚，周身却光滑如一条灰色的锦缎，在午后的太阳下泛着逼人的光。它不像狗那样吐舌头，只是一动不动地和伊斯玛哥涉身物外地盯视着。

我的突然现身，打破了对视的平衡。

伊斯玛哥一下子把身体靠在了我的双腿上，倚靠的感觉隐秘地传了过来。我看到灰狼的眼睛在发现我的一瞬，闪过了一星难以捉摸的光，忽然就熄灭了。它眼神复杂地对我看了两秒，慢慢地站起身，迈着优雅的步子，顺着沟底，朝相反的方向步履缓慢地远去了。走出百米左右的时候，它回过头，对我俩看了一眼，然后伸长粗壮的脖子，对着天空发出了一声撕心裂肺般的呼啸，然后放开步伐跑远了，很快就从视线里消失了。

我久久地无法收回目光，它离去时的复杂眼神令我心悸。动物竟然也有这样的眼神。

伊斯玛哥疲乏地站起身，把我拥抱。他开心地告诉我，从此再也不用担心狼的危害了，这肯定是这片草地上最后的一匹狼了。狼只有在最无奈的时候才会独自现身，可是今天，它失败了。它将迁移，将再也不会在这片土地上现身了。

终于平静了下来，黄昏也就要来了，太阳用最后的光束把大地洗成铺满金箔般的秘境。扶着伊斯玛哥往回走，不知道为什么，宏大的视野里，寂寞如潮水般在我年轻的心底开始泛滥。

2016年初的马来西亚，因为新月文学奖和台湾的宋玉澄老先生夫妇相识。一次在大巴车上，导游邀请自我介绍，我讲了自己的牧羊人生，同游的人们惊奇不已。

下午在马六甲海边酒店准备住宿的时候，宋伯母要求给我看手相。就这对善良的长辈我是很尊重他们谦虚的态度的。惊奇不已的是，伯母竟然从我的掌纹里读出了我的所有秘密，包括儿女、性格、困境和喜好。

宋老师夫妇的忠告是终生难忘的。

有一次准备登船的间隙伯母问我，从小在草原长大见过狼吗？我就把和伊斯玛哥遇到狼的故事讲给她听，她耐心地听着，听后她盯着我的眼睛告诉我，那匹狼是我的前世情人，将在今世和我纠结一生。

从那以后，两段经历重叠在了我的记忆里，不时地想起，可能永远也无法忘怀了吧。

2017年1月8日

《回族文学》2017年第二期

黄沙暴

春末的某个早晨，我跟着羊群，走上村边的小山。习惯性地回身远望，脚下的村庄被一层薄薄的雾霾掩盖着，太阳朦胧，视线混浊，天空如一张暗黄的纸页，像疲乏的心情，空虚而苍茫。

心里漫过一丝奇异，隐约感到心里有些异样在流动。

走过山头，初升的太阳暖暖地照着后背，好像一只大手温暖地抚摸着身体。前方，原野膨胀着灼热的黄，本该拥有的清澈早晨，如繁重劳作中的妇女，满脸惆怅。远山、草场、村庄都被一层黏稠的黄色薄雾掩盖着。模糊的视野中世界异样的安静，似乎能清晰地听到自己的心跳声。回头，太阳已经爬过山头，懒懒地，如一只疲惫而失神的病眼，目光迷离，对我不理不睬。

似乎有某种不安的感觉，在身边的空气里涌动！

父亲的叨絮在耳边萦绕“春天，若不会观天象你就永远不能成为一个优秀的放羊人”。已经是春天的末尾，父亲又出门在外……

羊群似乎也感觉到了什么，走得零零落落，步伐散乱，懒懒地，没有了平时的洒脱与整齐。

唉，走吧！离草好的地方只有十五里路，行走多年，我闭上眼睛都能走个来回。暗暗给自己打气，压制着心里不由自主涌动的空虚。

羊们好奇怪。

平时递顺路径，它们就会自己撒向草场，我就找个遮风的沟坎看书。

等享受足惬意的时光，已是中午，我追上羊群，把路径递向饮水的方向，然后找处高地，睡觉、晒太阳、读书……下午赶着它们回家。今天，它们却异常烦躁，左右摇摆，就是不愿意往前走。无奈我只能赶着羊群，强迫它们踱向山边的草场。

强迫羊群走它们不愿意的路是很吃力的麻烦事。它们像调皮的孩子，总是磨磨唧唧，和你纠缠不休。整个上午，我不停地追赶，它们勉强地往山边的草场上踱着，时间的溪流悄悄地流到了中午。

太阳很热，不像春末的温度，似乎在迷蒙的视野里，跨入了酷夏，感觉周身干燥而乏力，脸上似乎有一块硬皮，紧绷绷的，不舒适的感觉让我有些恍惚。只顾着赶羊了，木然抬头，模糊的视线里，对面的山看不见了，不由得暗暗心惊。太阳更是红得可怕，像一个火球，比平时小了很多，燃烧着浓烈的火焰，看它一眼，顿时感到灼热的眩晕，目光疼痛。

心脏在偷偷地收缩。默默地念叨，要是父亲在家该多好，他总是在我最无助的时候出现，他的经验总是给我带来平衡给羊群带来平安。身处这个静得可怕的时刻里，我格外地想他。

不能像平时那样大意了，必须严守着羊群。父亲说过的话又一次在心里流动："艰难的时刻不要害怕，那些有经验的头羊会带着羊群走出困境的，遇到灾难的时候千万不要离开羊群。"隔着遥远的距离，我似乎看到了母亲为生活熬满沟壑的面容。心底的圣神如清泉，定下心神后，我暗暗给自己打气，成功克服了自然灾难的放羊人，是被尊重的。

我按捺着心底的空虚，强迫自己冷静了下来。

羊群向山边的枯河床边散去，走在前边的羊似乎进入了秘境，模模糊糊地看不清楚。黏稠的暗黄已经裹紧了这个世界，远处移民村庄的方向顺风传来了压抑的狗叫声，暗暗得如同来自幽暗的深夜。

赶紧抬头观看天象，我看到了惊人的一幕，巨大的黄色迷雾正张开巨大无比的翅膀从北方广阔的天际漫天盖地般向南涌来。

大地似乎就要被撕裂了，发出震耳欲聋的叹息。顿时，羊群开始乱起来，发出集体的嘶鸣。我裹紧了紧身棉袄，发现自己在激烈地颤抖。我赶紧环着羊群奔跑，想把散开的羊群收拢。耳边传来惊心动魄的巨响。

黄沙暴漫天而至。

还算平静的羊群一下子被吹起了波浪，在密实的风沙中开始散乱地狂奔，我跑向河床边上乱窜的头羊，急急地把羊群收拢。

突然，大风就把我和羊群掩盖了，能见度一下子缩回到不足二十米。

刚跑到河床的边上，我发现一小群绵羊延着河床顺风朝南匆匆而过，一个女孩子慌慌张张地拦着头羊，很明显，她对控制慌乱的羊群已经力不从心，一位老人跟在后面，拄着鞭杆紧紧贴着羊群。等我收拢羊群，他们已经被大风裹挟着不知了去向。

天空被大风模糊，似乎下起了沙子。

开始的时候，风并不是很急，只是感觉风的脚步沉重，似乎卷着满世界的沙子在艰难行走，发出低沉的呜咽。

羊群被吓坏了。慌乱的嘶鸣中，被我拦回头的几只头羊开始往家的方向急急地跑开了。不一会儿羊群就被扯成了一条线。把后面的羊猛追一气后，我急忙去追头羊。等把头羊拦住，等齐后面的羊，周身已经大汗淋漓，鬓角上的汗水结了厚厚一层沙子，像一层干蛇皮贴在脸上，干热得难受。

大风如厚重的黄色梦魇把我和羊群卷在中间。真正的泥沙俱下，眼睛已经不容易睁开，羊群被裹挟成一堆棉絮哀鸣着卧在脚下，绵羊堆积在一起，山羊恐慌得直往绵羊身体下面钻，刚出滩不久的羊羔被挤出了羊群，绕着大羊，不停地咩叫。

过了一会儿，我突然发现，刚才满身的热汗很快已经变冷，如针扎般的寒冷开始在身体的各个角落游走。

巨大的恐怖下我终于冷静了下来。内心的祈祷如缓缓的河水从口里流出，站在羊群边感到世界末日降临般的震撼。寒冷促使我伸手围紧短棉袄……啊，什么时候手冻僵了！原来在恐怖的黄沙暴和羊群的危机中我竟然慌乱得失去了本能的感觉。

待在这里只有死路一条！心里盘算着，离家还要过三处平塘，三条河床，一座小山。

风沙的密度使我能看到的距离不足二十米。

我试着催起羊群，侧着风向前行。第一条河床横在了前面，苍茫中，风吹着土沟崖畔发出惊天动地般的惊恐，羊已经被蒙住了，我用尽力气推后面的羊，逼它们走下河床，风吹河床的恐怖声响使我头发全部竖立了起来。我硬着头皮冲下河床，紧贴着羊群趴坡，风旋着大地，似乎所有的生命都成了无助的尘埃。

艰难地爬过第一道河床，刚到平处，我发现自己迷路了。羊群似乎也明白发生了什么。它们挤作一团，不乱跑了，也不恐怖地嘶鸣了。只是风声湍急，什么时候天色竟然暗了下来，可怕的事情发生了。视野消失了，我几乎什么都看不到了，只是感觉羊群就在身边，真正看清楚的已经不足二十只了。平时学会的所有祈祷辞不知不觉已经从胸腔中涌出尽净。眼泪竟然黏稠地粘在脸上淤流不动。

已经没有作为的能力了。只有跟着眼前蠕动的白影，眯着眼睛，猫下腰身，匆匆行走。我突然下意识地明白了，若眼前的白影消失，就和羊群走散了，那样，我可能也就永远走不回家了。

羊真是神秘的宝贝。开始的慌乱过去以后，它们竟然能带着我回家。脚下磕磕绊绊的，平坦的地方，风如同一堵墙般死死地压过来，透过撕扯的风声，能清楚地听出羊羔们拼命的嚎叫，只是如同从极深的洞中传来，没有真实的感觉。

过沟的时候很可怕，突然之间似乎地面下陷了，有一次我直接滚了下去，怒吼的风沙一瞬间灌满了五官。我死死盯着前方的白影，这最后一根救命稻草在惊心动魄的风声中似隐似现。

走了多远早就没有了感觉，只是脚下忽高忽低，风的旋涡使身体失重，时间久了，周身疼痛。剧烈的风沙好像吹走了脸皮，脸上火烧火燎地疼。越走越乏，意识中感觉眼前的白影分出了一些，似乎是被风向南吹走了！我控制住意志的慌乱，拼命地追赶着，只有一个清晰的意识了，母亲肯定在为我担心，父亲对他在艰难中挣扎的儿子放心吗？

巨大的悲愤给了我力量。

我攥着能看到的模糊的如同梦幻般的一团蠕动着的白影艰难地走着，意识模糊，时间的概念退却。

拼命地逆风走着，越走越累，不真实的感觉越来越强。拉长的麻木后，突然意识闪过一丝感觉，居然走在家门前的小山上，意识一下清晰了一些，身上的棉袄因为追羊所出的热汗已经冻成了硬痂，露在衣服外面的头脸手早已经冻僵了，脚步越来越黏稠，挪动脚步，已经很是力不从心了。

离家可能只有五百米了吧，我似乎听到了羊群欢乐的咩叫，肯定是它们也为回到家了而高兴吧。我稍一失神，什么都看不见了，白影丢失了，我竟然没有害怕，家的感觉引着我向前摸索着。

有什么东西瓢泼而来，暖暖的，冻僵的脸上似乎有液体在流动，双脚如千金巨石，移动一步都感觉天旋地转。

我怎么这样热啊，热得疲乏之极，热得唇干舌燥，眼前好像有炽烈的火焰在燃烧，浓烈的火焰烧化了黏稠的黑暗，黑暗消失，眼前出现了一处光亮，我拼出性命向光亮奔去，却感觉有千斤巨石坠在脚踝上，寸步难行中，我在光亮中发现了母亲的身影，我拼命呼喊，却感到身体在下坠，下坠，漫天的黑暗铺天盖地般把我淹没……

如同剥茧抽丝般的疼痛催醒了我。头疼得快要爆裂了，腿部似乎抽空了骨髓，疲乏得如同身体里丢失了筋骨。微烫、熨帖的热炕，温暖柔软的被子。有一只手在我的脑门上温暖得抚摸着……我睁开黏涩的眼睛，看到奶奶坐在我身边，正慈祥地对我微笑，右手还放在我脑门上。母亲坐在另一边，满脸关切地望着我。我竟然赤裸着裹在被窝里。羞死人！赶紧闭上眼睛装睡。我听到奶奶慈祥的声音“知感安拉，尤苏夫没事了，老三你先去睡一会儿吧，赫迪澈我们都休息一会儿吧，主啊，灾难已经过去了。”

啊，竟然父亲也在，他什么时候回来的！等他们走出内屋，我赶紧克制住难受的疲惫，穿衣起来。透过窗户，明亮的阳光下，竟然到处是被风吹脏的雪，大地似乎被清扫过；菜院里的一方韭菜盖着雪，绿得耀眼。

我走出内间，看到奶奶已经坐在外间的大炕上，隔着炕桌面向窗外喝茶呢。妈妈和妹妹在厨房里忙碌着。窗外，父亲从山坡上的羊圈里出来了，急匆匆地往屋子里走来。

生活依旧是如此的温馨。

…………

吃饭时，奶奶让我坐在她身边，母亲给我沏了盖碗茶。母亲对我说："我快要等疯了，黑风来了，又不敢出去找你，就守着窗户等。等得太久了，我都快要崩溃了。等啊等，风夹着雪，世界已经被黑暗包围了，弟弟妹妹们都惊吓得哭着。我们抱成一团坐在炕上。屋子里什么都看不见了，电灯只剩一片黄光。黑暗中，我突然听到了羊叫声，就不顾一切地冲出去了，风黑得什么都看不见，又裹着雪。我找了一个多小时，才在羊回来的山坡上找到的你，已经僵硬了，沉得我差点儿都背不回来。"

父亲说："看到黑暗来了，我担心得受不了，晚上风终于停了，就连夜赶回来了，总算一切都好。"

奶奶不停地为我祈祷着。

吃饱喝足，我感觉精神了很多。父亲告诉我丢了十几只羊，问我是否有能力和他出去找回来。

和父亲走出村庄，走过村边的小山。世界似乎被一只巨手扫掠了一遍，熬过冬、春两个季节的干草被吹走了，沟沟坎坎都填满了脏污的残雪。

走着走着突然就想起了昨天恍惚中感觉到羊群似乎分开的地方，顺着方向过去，在一个沟坎边发现几只冻死的羊只，基本被污雪掩埋了……

等我和父亲中午回到家里，跑丢的其余几只羊也已经回来了。我已经坚持不住了。

父亲让我在家里休息了一周，恢复身体。

一天傍晚，父亲放羊回来严肃地问我，共同的草场上，一直以来有一小群羊是移民村的我知道吗，那个家里的儿子出去打工了，羊一直都是儿媳妇放着。

原来，黄沙暴那天，做公公的感觉天象不对，就没有让儿媳妇出去，他自己赶着羊群出去放了。儿媳妇不放心公公，就让女儿出去伴着爷爷。黄沙暴来了，羊群，爷孙俩都被暴风卷入了山沟里迷了路，他们躲在一条深山沟里避风，结果晚上寒流来了，爷爷控制住了两只羊，让孙女趴在羊身体下避寒。第二天，村人找到的时候，看到老人双手搂着羊脖子，羊依然静卧着，羊身下的孙女获救了，老人被冻死了，身体僵着，再也没有伸展开来……

父亲说，他在山边放羊，遇到送葬队伍，是送葬的人告诉他的。

2016 年 6 月 11 日

《民族文汇》2017 年第七期

怒放的青春

已经是下午五点，太阳的光线从白炽慢慢转变成了金黄色。该是羊群起场的时候了。

站在村边的小山头上，脚下的村庄埋藏在排开的白杨树冠下，闷热的微风中，树木的绿色有些暗淡，夏天特有的慵懒蔓延着。一起的几群羊已经起场，懒懒地向山坡漫过来。我按捺着激动的心情，准备催动羊群。

父亲一身青衣急匆匆地走出家门，给我送水来了。羊群已经无精打采地从一个中午的休息中爬起来，打着响鼻，散漫地蠕动着。

父亲对远山看了一会儿，习惯性地对我说，不要走得太远了，剪过毛的羊群，要随时小心暴雨。我接过水壶，抑制着开心，丢下唠叨的父亲赶上羊群远去。

正是七月，村庄四围的麦田有很大一部分已经经过翻耕，剩下的那一部分正疯长着刺蓬、绵蓬等这个季节最棒的牧草。站在高处远望，铺展向远方的田地，黄绿间隔，如同鲜艳的地毯平铺在大地上。远山在午后灿烂的阳光下奔跑着蜃景。金黄的太阳还没有降温，碧绿的大地一派灰白的倦容，羊群散漫地走着，下午安静而美好。多棒的季节啊！

我偷偷摸了一把背包，喜悦是真实的。那本书从背包里悄悄地传递出一种温馨的质感，令我开心得眩晕。都十几天没有书看了，今天中午终于意外地借到了一本《梁山后代》。

我颤抖着双手拿出那本已经经手太多有些破烂的书。顺手把水壶装进背包，把背包捆在背上，借着草帽檐下卑微的阴凉，一边跟着羊群走路一边开始读书。

远处有人在呼喊羊群。顺着书页的边缘我看到正前方不远的地方尔耐哥正在催羊群前行。他手里似乎拿着什么，一边往嘴里喂着。

羊群依然慵懒，我一边看书一边高一脚低一脚地催羊群向前方漫着。只想把羊群催远些，就能不受打扰地看一下午书了。

身后不远处大尤苏的羊群已经散开，他站在边上，依然撑着他那把风度翩翩的马莲花色的遮阳伞，白格子衬衫很是显眼。手里拿着他喜欢的袖珍收音机，像往常一样，还不停比画着几手武术招式。他肯定又听到喜欢的歌曲了。

远处，一群羊已经走远了，牧羊人的歌声在下午的静谧中飘扬。那是邻居希雄哥，一个优秀的情歌手。每当羊群稳当的时候，他喜欢选一处高地，站直身姿引吭高歌。希雄哥嗓音雄浑而悠扬，为人又喜欢抬杠，大家都喜欢听到他的歌声。

手里的书因为辗转借阅已经翻毛了。侠义的世界如梦如幻。羊群走得太慢，后面的羊群漫在身后，已经影响到我的阅读了。

大尤苏的羊群已经撒成一条线，他悠然地听着歌，专注地摆弄着羊群。我的羊群依然乱哄哄的，它们根本就没有走远的心思，山羊兜着圈子，绵羊们还挤作一团，彼此把头放在对方身下的荫凉处，喘着有节奏的粗气。太阳依然很毒，肩膀那里被炙烤得疼痛，草帽下热汗涔涔。

我合上书本喘口气。摘下草帽，我看到远山在午后炙热的阳光下蓝得耀眼。走在前方的尔耐哥已经把羊群支成了簸箕口，此时他站在一个土台子上伸长脖子对我和大尤苏的方向眺望着。他喜欢聊天。只是爱看书的我和喜欢音乐的大尤苏却不愿意下午惬意的时光被打扰。

下午如一首歌，我们都徜徉在各自的欢乐里，慢慢前行，把村庄远远地留在了身后。

两个小时后羊群终于走过了西沟。大尤苏的羊群贴在沟对面的丘陵上。我这边正好是茂盛的绵蓬地，刚跨过沟羊群就粘在了大地上。我走到羊群的前面，选了一处高一些的石头堆，铺开衣服躺下身子开始看书。武侠的世界里，要么就打得热闹非凡，要么就爱得死去活来，用谋略的时候神秘莫测，风花雪月的时候令人神往。

还有一个半小时太阳就要落山了，此时阳光明亮大地如洗，凉风在身边奔跑。羊群站在草丛中风卷残云。我独自窃喜这难得的幸福。

书中的世界让我着迷。一个下午一本书读完了一大半。正在我沉进去的时候，突然就听到身边有物体蠕动的声音，很轻柔，却刺耳，都不忍把目光离开书页，所以依然跟着梁山好汉在宋朝的风云里捭阖。似乎又传来了什么东西摩擦的声音，有些突兀。我木然地转过脸，胳膊一般粗壮的两条大蛇居然就在两米之外对我窥探，它俩身体缠绕在一起，黑中透亮的蛇头伏在大地上，吐着血红的毒芯，对我做出攻击状。魂飞魄散中，我一把抓起衣服撒腿就跑，突然的惊恐使我只跑出几十米就栽倒在地上，四肢麻木。

摔倒的地方已经超出了蛇的攻击范围。稍爬了一会儿，等心静下来，我看到两条蛇已经攀上了我刚才躺着读书的石头堆，青灰色的身体两米多长，不由得吓出一身冷汗。就在我坐下来喘息的时候一片黑云压在了头顶上，抬起头来，啊，什么时候天空已经乌云密布。南边的罗山顶上，黑色的蘑菇云涌动着，大地安静得落针可闻。

羊群依然粘在大地上。羊是最精灵的动物，水草肥美的季节，它们绝不会把一片地方的草吃净。在一处草地上吃一段时间，它们就会主动挪地方。若有神启般，它们保护着草地的平衡。

今天有些异样。尤其是绵羊，已经大腹便便了，依然在拼命般地吃草。这不是吃，简直是拔草往肚子里装。

看着羊群拼命吃草的样子，几只灰色的野兔竟然也混在里面不躁不惊，我目瞪口呆。

希雄哥的羊群在我的前方，他是今天走路最远的。此时站在羊群边的坡地上正纵情歌唱；与我平行不远的地方尔耐哥已经把羊头折回，向村子的方向催着低头吃草的羊群。他低着头，一副对一切都置身事外的样子。

大尤苏的羊群什么时候也到了沟这边！此时和我的羊群相连着，我看到他正站在两群羊的中间向我招手。

天象已经变了，湛蓝的天空被乌黑乱窜的云朵搅成一潭浑水，远山上有剧烈的风暴在涌动。绵羊拼命地啃食着草皮，山羊开始躁动地对四处张望。成群的乌鸦在沟边散乱地飞翔着，一边声嘶力竭地鸣叫着。空气中飘浮着浓郁的土腥味。几只山羊羔不明所以地乱叫了起来！

父亲嘱咐小心暴雨的话一下子涌在了眼前。

我赶紧穿好衣服，扎紧背包，把散乱的羊群收拢了一下就跑向大尤苏，心里不由得慌乱了起来。离家已经十里，暴雨就在眼前我该怎么办！

我俩还没有走到一起，一声炸雷就打乱了世界。雷声夹带着猛烈而稀疏的雨点猛扫大地，大尤苏的羊群被惊吓了，扯成长线溜下沟跑了。他慌乱着，收了雨伞就去追羊。

我刚走到两群羊的中间暴雨就瓢泼而至。

只是一瞬，雷声轰鸣风雨凄迷。羊群被圈成了一堆棉絮。绵羊聚集成一堆，山羊惊恐得到处乱窜，我紧紧压住山羊，使它们没有跑散。透过雨帘，我看到大尤苏的羊群如断线的珠子，在雨中狂奔。前面的山羊已经跨过沟坎，头羊已经没有了影子。他是长跑冠军，一个闪身就钻进了雨幕，追羊去了。

我拼命压着自己的羊群，催着大尤苏落下的绵羊，举步维艰地下了西沟。不远处是一道被洪水经年累月冲刷形成的沟湾。雨水已经浇透了身体，我把心爱的书放在胸前，紧紧地护着。

风声刮过一阵后似乎小了一些，一时雨水如泼。我听到密集的雨声中传来了山羊声嘶力竭的哀鸣，原来大尤苏硬把慌乱的山羊聚了回来。他一不小心放散的山羊，快被雨水浇疯了，没等他聚拢羊群就钻进了前面的沟湾里。浇头盖脸的雨水促使我跑进沟湾避雨，羊群跟着我一下子全部拥了进来。湾很大，大尤苏的羊群挤在前边，他正脱下衣服，站在羊群边拧衣服里的水。

我俩终于站在了一起，两群羊混成了一群。站在沟沿下避雨，几步之外已经形成了汪洋。

“你今天怎么一直跟在我身后，也走这么远！”“刚出家门我就看到你拿着一本书在读，我就想跟着你，等你看完了，我也想看。”我们相互看了一眼，彼此露出心照不宣的笑容。他的话提醒了我，我赶紧把书从胸口处拿开，那本书已经被雨水泡成了烂泥。

我欲哭无泪，翻转着手里已经报废的书不忍舍弃。突然震耳欲聋的轰鸣声把我惊醒，抬起头来，此时雨如注。对面的沟坡都看不到了，就地的雨水全部流了下来，脚下的水流已经越过了小腿。

大尤苏似乎瞬间明白了什么。就家乡的辈分，他是我的侄儿。他对沟湾里挤成一堆避雨的羊群看了一眼，抬头又看了看天空，低下头听了几秒，一把抓住我的手：“巴巴，快，你站在那边，把羊群堵死在沟湾里，决不能让它们顺着沟跑了，我从另一边收羊。我们必须尽快离开这里。记住不要管头羊了，就让它们跑吧。”

那一年他十七岁，我十三岁。

我几步跑到羊群的边缘，再往前几步就是暴雨肆虐的世界，此时雨如泼。大尤苏在羊群的那一边，一手挥舞着衣服，一手挥舞着他心爱的雨伞，拼命地扑向羊群。羊群在他的压迫下向我这边挤了过来，雨声夹带着轰鸣声，大地颤抖着。他已经被雨水淋得失去了模样，他跳着步子，衣服和雨伞双双开弓。羊群在他的进攻下开始翻涌。我学着他的样子一手拿着背包一手甩开衣服冲向羊群。夹攻下，山羊冲出了沟湾钻进了雨中。羊群集体的嘶鸣声被雨声撕扯，如溪的雨水浇灌得人心悸。

羊群跟着头羊只几分钟全部钻进了雨幕。没等我俩穿好衣服就没有了去向。我倒空水壶，湿透的书舍不得扔就装进背包挎在身上。我还没有做好准备就被大尤苏一把拽进了雨中，雨中如囚。我感到呼吸都艰难异常，就一把摘下草帽扔了。能见度极低，被雨水裹挟着。只有大尤苏有力的臂膀，拉扯着我爬上湿滑的沟坡。

刚爬上沟坡，还没有站稳脚跟，就有一道闪电把沉重的雨幕瞬间撕裂。等我俩站稳身子，就听到后面刚刚逃离的沟湾轰然倒塌。原来洪水已经漫天而下，大尤苏紧紧搂住了我。等终于定下心神，才发现羊群并没有走远，而是刚爬上沟坡就挤成了一堆。此时雨如河。绵羊们头朝圈内站成了方阵，山羊竟然爬进绵羊身下去了，有挤不进去的，身体露在雨中却把头努力伸进绵羊身下。

我俩目瞪口呆地看着羊群。五百多只羊，现在是紧凑的一堆，在暴雨的猛烈裹挟下岿然不动。

站在雨中，雨水并不冷，顺着脖子灌下去，湿透的衣服沉重地下坠着，皮肤是一种光溜溜的感觉。大尤苏扔掉了手中心爱的雨伞，掏出他一直相伴的袖珍收音机也扔了，捋了一把满脸的雨水，攥住我的手，顺着地面的走势开始向家的方向飞奔。

雨水已经掩盖了一切。好像是天空已经破裂了。穿着流水的衣服奔跑，如同裸奔。只有大尤苏的手臂传来坚定的温暖。他似乎瞬间长大了，头发粘在脸上，一言不发。飞也似的若拎着一只鸡般带我在风雨中飘零。

十里路！家太远了。奔跑中，突然就刮起了旋风，一阵冰雹呼啸而至。我举起水壶在头顶上抵挡冰雹的袭击，脚步只是机械地顺着牵引前行。手腕接连被冰雹击中，不一会儿就肿胀得抓不住水壶了，稍一松手，水壶被风带走，冰雹的袭击，使我几乎失去了知觉。

顺势奔跑着，什么时候冰雹停了，被大尤苏牵着的胳膊传来生生的疼痛。灌饱了水的衣服太重，脚下磕磕绊绊。体力透支的麻木感觉使我昏昏沉沉。透过满脸的雨水，我模糊地看到大尤苏一边激烈地奔跑着，急速的喘息中，速度不知不觉就慢了下来。

村子边上是一座小山，山后是一座长长的盆地，对面是起伏不定的高地。等我俩跑下高地，盆地这里正洪水翻滚。

雨什么时候小了，站下来喘口气。

手拉着手，小心翼翼地蹚进了水里，才几步水就淹到了大腿。瓢泼的雨滴打在水面上形成翻滚的水泡，人走在其中，如同被上下夹击。我闭住眼睛，抓紧他的手，在水中挪步。

我已经严重体力透支，迷迷糊糊地，只感到腿部的水位慢慢地浅了。等吃力地走出洪水，才发现视野已经开阔了很多，雨已经很小了。淅淅沥沥的，一会儿就能看到远处了。北方的天空居然还晒着太阳。

从山坡南面，两个身影飞一般朝我俩来了。慢慢到近前，原来是两位父亲。他们平时都青衣白帽一身洁净，此时被雨淋成了落汤鸡。白帽子不知去向，光光的头皮，乍一看好像脑袋小了很多。

父亲几步跨到我身边，把怀里抱着的雨衣披在我身上。我看到他裤管高高地卷起，腿部全是烂泥。大尤苏的父亲很克制，他抓住儿子的手，不停念着赞美的经文，祝福我俩的平安。原来两位父亲同时发现了天象的异样，就共同跑出家门，跑遍了村子近处，淋足了雨水却没有找到他们的儿子。

雨已经停了。

站在山坡上，远处我俩的羊群依然在西沟边堆着。远望像一座小小的沙盘。

两位父亲手拉着手蹚进了洪水，他俩收羊群去了。我俩继续拉着手爬上山顶。

村子里的树木经过雨水的洗礼，此时鲜嫩欲滴，泛着润眼的绿色光芒。南边的罗山似乎比平时大了一些，淡蓝的身姿安静地坐在那里。平原已经有些模糊，只有震耳欲聋的洪水声，格外地震撼。

傍晚已经来了，依然是亘古的安静。

突然从西天边太阳露出了头，血红色的太阳爬在天边，光芒覆盖了视野。远处，两位父亲已经轰起羊群，在宏大的视野里如两个黑点慢慢地蠕动。更远的地方，希雄哥的羊群被洪水堵在了沟那边。原来暴雨来的时候，他把羊群赶进了平原上废弃的老羊圈，轻松地避过了暴雨。

傍晚礼拜的诵经声被扩音喇叭送进了宏大的静谧里。我摘下背包，把那本淋烂的书和背包都扔了，和大尤苏牵着手，踏着黄昏，走下山坡回家了。

2017 年 4 月 29 日—5 月 1 日

午夜的歌声

夜如墨。

无边的寂静和这流淌的黑暗一样的广阔和沉重。漫天耀眼的星斗似乎在努力看透这无尽的黑暗，如清澈的眼睛越加明亮地挂在天边，闪烁着动人的光芒。

疲倦越来越沉，这生计的漫漫长途。

浑浊的，目力模糊的身旁，羊群吃草发出的沙沙声越来越小，越来越薄，无意间就淡出了意识的范围。

守夜在这无尽的原野上，午夜，总是瞌睡最为严重的时候。

一

我裹紧大衣，顺着地势的自然坡度，沉沉地躺在了温暖的大地上。顺着黑暗中模糊的光线。近旁，一排排的柠条林是一堵堵黑暗中移动的墙。远处，被黑暗深藏的村庄里还有几盏灯亮着，向如墨的黑夜眨着探寻的眼睛。身边的羊群是一抹白白的蠕动的微光，只有羊们吃草发出的沙沙声，被厚重的寂静不断地送进因为瞌睡而渐次麻木的耳朵中。

羊群蠕动的唰唰声不断传来，营造出溢满安详的静谧。这温柔如水的夜晚，适合美美地去梦乡里尽情地畅游。

心中有所牵挂的人在这样凉爽的夜里依然是很难睡沉的。况且，困乏中的我又犯了野外仰躺睡觉的大忌。

没有章法的浅睡中，突然就听到一个笨重的脚步声不停地在我四周徘徊。意识中好像是我和父亲两人在放羊，我躺下休息，他守着羊群怕黑夜里丢失。

脚步声越来越近，越来越陌生，越来越急促，越来越沉重，我想翻起身看个究竟，身体却沉重得无法自已。突然，就听到一个陌生而粗鲁的男声在我头跟断喝："哪里的坏屄，竟敢睡在我身上。"

一个臃肿的身体若一堵墙般把我压死。无法动弹的我很快就开始窒息，只一小会儿麻木感就从四肢如水般慢慢地漫了过来，我闭住仅有的气息暗暗运力，运力，等待机会准备反抗。

头脑清晰的一瞬，我运足周身的力量，气冲丹田，大喊一声挺立坐了起来。

等睁开迷蒙的眼睛，面前依然是安静的夜晚。明亮如灯的星星，身边飘荡着如纱般宏大的黑暗。这是什么地方，居然把我给魇住了，居然听到了愤怒咒骂的声音！

守夜人是有祖辈流传下来的不成文的规矩的，不遇到特殊情况时是不允许打开手灯的。怕惊动羊群或惊动夜晚活动的野物，打破夜晚的寂静与沉默。传说那样会出现突发情况，容易伤到自身。

不知道睡了多久，羊群已经没有了丝毫踪迹。

我稍站了一会儿，定了会心神，打开了手灯。灯光下，眼前的场景吓得我差点儿失去了知觉。

惊异的是，这片坡地上居然有一座暗藏的坟墓，从小生长在这里，我根本就不知道。更惊异的是，什么时候盗墓贼居然已经光顾了这里。这些神秘的匪人！此时墓穴的黑洞张着深奥的大嘴，翻开的墓土还很新鲜，棺椁的残片撒落了一地，骸骨也撒落了一地。最给我震惊的是，我刚才疲乏得失去了知觉，居然就睡在这一堆散落的骸骨中间，居然就睡在被翻出的墓土上。更吓人的是，我睡觉留下的印记顶端，赫然就放着死人的头盖骨，此时，骷髅的一双洞眼正对我盯视。

寂静如海，伸手不见五指的黑暗里，这场景恐怖到了极点。

惊骇中我一身冷汗。

我关掉手灯，甩开双腿，凭借记忆向原野中不远处地土路狂奔。似乎有千军万马在身边紧紧相随，这无边的黑暗，每迈出一步，大地都发出沉闷的震颤。

等跑到土路上，我已经热汗淋漓。一屁股坐下来，才知道已经疲乏到了极点。

羊群丢了。这样深厚的夜里，只能躺下来静听，若近，会有羊们蠕动的声音隐隐传来；若远，或许会有一声咩叫传来，提醒你，它们现在的方向。

静躺下来，四野依然是沉甸甸地寂静。现在是农历月的最后十日，月亮出来得特别迟。

仰躺在大地上，在黏稠黑暗的衬托下，星星越加地明亮。天空张开靛蓝色的翅膀，世界是广袤的秘境。

二

等待身心完全从刚才的惊恐中安静下来，等待体力慢慢地恢复，等待是如此的难耐。有羊群在身边流动的夜晚，羊们会营造出一种暖意融融的气场，只要不是处在过分的疲惫中，这无边的寂静就不会被孤独和寂寞占领。没有了羊群的气息，这宏大的黑夜如一个深邃的洞，让你感觉到一直被吸引，一直在沉沦。如同一直陷向未知的深奥般，恐慌难忍。

终于能够站起来了。我必须尽快离开这里，到羊群回场的必经之路上去。只有在必经之路上，才有可能等到现在不知道在哪里晃悠的羊群。

静下心后，身处的夜晚居然如丝绸般柔软和诱人。

适应了夜色的眼睛，看到微弱的天光下，脚下的土路是一条泛光的细长白线。深一脚浅一脚地走下去，如同在秘境中畅游般感觉异样。

秘境中走着，突然就想到了一百年前我打猎为生的曾祖父，那时，传说这里黄羊成群，野草如林。这里曾是父辈们讨生活的丰富牧场。也想到了那个从狼群里死里逃生的老人，就草原和羊群，他永远如背家书。

这柔软的黑暗中，到底隐藏了多少惊心动魄的生存故事。

必经之地是一处高地，离村庄已经很近，是从原野上回家的必经路口。若是白天站在这里，广阔平坦的原野就会尽收眼底。就是这样黑暗的夜晚，隐藏在远处黑暗里的羊群若发出声响，也能辨别出蛛丝马迹来，或许就能辨别出所在的方向。

夜正深，眼睛被无边的黑暗覆盖，我再一次裹紧大衣，依傍一棵长势蓬勃的柠条树躺了下来。按照作息习惯，羊群只有在快要天亮的时候才会现身。就算不出现，等天亮后站在这里，原野也就一目了然了。

前半夜的惊恐使体力消耗严重。静躺下来，张着耳朵搜寻羊群的气息，不知不觉又一次进入了梦乡。

再一次，我被“信吼”凄厉又尖锐的吼叫声惊醒。

信吼是一种神秘又古怪的鸟类。只有在荒凉偏僻的地方它才出声，其声音与牧人之间的远距离吼叫酷似，声嘶力竭，悲哀之极。更神秘的是谁也没有见过这种鸟，只有荒凉孤独的深夜才能听到它凄厉的惨叫声。

此时，信吼的哀鸣惊动了众神。

已经是午夜了。微凉的小南风徐徐刮来，晚起的月亮也已经爬过了东山，不远处的沟边，传来猫头鹰相互传递时间的婉转鸣叫。

月亮每天出山的时间和形状都不一样，夜晚也是。尤其是每当月末，等月亮走过东边的山头已经进入午夜，如墨的黑暗突然就加进了淡淡的乳白。远山只剩下一道影子，羊群闪烁着淡淡的白光。

正是熬夜最艰难的时候，脚下的大地恍惚了起来，深一脚浅一脚地走着，似乎随时都能睡着，世界就是一个巨大的黑洞，似乎永远走在梦里。

信吼有节奏地凄凉哀嚎着。清凉的月光下大地被一片轻柔的乳白轻轻地覆盖着。微弱的月光下，原野上的柠条林拖出一排排黑影，如梦如幻。

东山头上的月亮闪着柔和的光亮，月底了，月亮就如被削去了一道般，裸露着缺憾的脸庞，整齐的缺口洒泼着冰凉。

露水已经厚起来，早起的万物发出低沉的噪音。

虽然现在是农历七月，炎炎夏日的午夜，这沉甸甸的露水和小南风依然带来了冰凉。

我紧裹大衣，在原地踱步，等待黎明的降临。

三

好像又过了一会儿吧，小南风停了，月亮也爬到了头顶。我静静地站着，搜寻着黑暗中传来的信息。

“信吼”停止了哀鸣，猫头鹰也报过了时间，突然，透过无边的寂静，传来了高亢的歌声。

居然是快十年没有听到的“花儿”。

我屏息静听，一个年老沧桑的声音如跌宕起伏的洪流，在寂寞的原野上奔流着。时而咆哮，时而凝练，时而激扬地奔腾，时而低缓地流淌。那奔放的激情，在广袤里奔跑。

七月里那燃烧的太阳，呦……
阿妹妹呦，它烤干了我的心伤，
哎，阿哥的肉啊……
这长长的路途呦，离你的家，
到底还有多久。

回味着歌中的意味，那股淡淡的忧伤，那辽远的期盼中是一个牧羊男人内里广袤的苍凉。

是哈塞老爹!

我震惊不已。耿直、随和、勤劳又严谨的哈塞老爹居然能够唱出这样优美婉转的“花儿”!意料之外的窥听中，他的故事也如滔滔的河水，汹涌而至。

他是家父的至交。身材高大，喜欢劳动，不喜欢热闹。

也许是牧羊一生的特殊习惯吧，他总是孤单一人，行走在茫茫原野上。宏大的视野里，一群羊旁边一个黑影，是他定格在我印象中的身影。

这片草地上我们一起放牧的原本是四群羊，只有哈塞老爹一个人敢去宽广到令人心悸的西滩去守夜。他本性孤独，索性就长年累月一个人守在西滩上，所以多数情况下我们很少能够见面。

关于西滩，据父辈们讲，清朝时期的金积堡回民起义失败后，有几个重要人物成功出逃后落难在这里的大山里。后来消息走漏了，其时天下刚刚太平，清朝驻地方的军事将领为了既能够消灭这一部分成功逃脱的人又不造成地方反抗，就在偏僻的西滩摆下了擂台，一边拿出巨额赏金一边派出打手到四乡威胁习武之人去打擂台。

威逼和利诱之下，附近的习武之人全部去打擂。传说，军方派出的擂主是动乱时期在中宁一带声名远播的余教头。此人武艺高强，光宗耀祖心理很重，且心狠手辣。擂台还没有开打，他就安排人手挖好了巨坑，在上面用木板搭成擂台，打死的人直接扔下巨坑，并扬言哪一天死人的尸体填满坑哪一天打擂结束。结果四乡前来打擂的武师先后被杀害。传说被杀害的人很多，且拒绝家属收尸，尸体直接被扔进巨坑，任禽兽自由撕扯。民众怨声载道。消息以最快的速度传到这里的回族武术传人蔡太师耳中，逼迫中蔡太师愤怒而出。

被弟子拥围着的蔡太师的出场，被官方认定为其就是隐藏中的义军教头。更资证明的是，蔡太师很容易就打败了气焰嚣张、残忍无道的余教头。当时，听说蔡太师要出山打擂，四邻八乡来看热闹的人很多。谁知打擂失败的余教头当场丑恶的嘴脸毕露，下令手下的火枪手射杀了已经高龄的蔡太师。弟子们看到师父被杀就去抢尸体，结果就发生了屠杀。

传说，当时在场的人基本被射杀殆尽。

后来，军方把所有的尸体都堆积在提前挖好的巨坑里掩埋，就形成了小山一样的巨坟。清政府后来在坟包上建造了一个砖塔，油漆成红色，上面的题词是为了永远镇压所谓的妖气。

一位高龄的汉族老人曾告诉我，红塔一直存在直到文化大革命时期，被当作落后的标志毁掉。

劳动人民对历史是麻木的。西滩在我的记忆里永远是一片荒野。尤其是夜里，牧羊人都不敢接近，恐有鬼魅出没。

四

事情发生在上月初一个凉爽如水的夜晚。

月亮落山后羊群已经吃饱，开始歇场。哈塞老爹也随着羊群躺下了，熬夜的人很容易睡死。醒来后老爹惊恐自己可能睡得久了，眼睛又一时不适应黑夜，也就没有看到身边安睡的羊群。情急之下他犯了守夜人的大忌，打开了手灯。

突然出现的耀眼光束使羊群受到了惊吓，轰然一声全部跑进了黑暗中。老爹刚睡醒，晕头脑涨中还没有弄清是怎么一回事，身边一只睡死的小山羊落下了，它被手电光吓慌了，朝相反的方向落荒而逃。懵懂中的老爹只看到了这一只羊，就仓促地去追落单的小山羊。

他过度慌乱了。试了几次都没有抓住受惊的小山羊，他越加慌乱了，突然就听到身边一个陌生而挑逗的声音说："一把抓住吵，你个老馕㞞。"老爹气愤得回敬了一句："能抓住还能给它跑的机会吗？要不你来试试。"

一阵无边的寂静擦身而过。

哈塞老爹完全清醒了。他关掉手灯，闭住眼睛静了一会儿，然后睁开眼睛到处搜寻了一圈，什么都没有。再搜寻一圈，羊群找到了。

他再也不敢追寻那只跑单的小山羊了。那陌生而挑逗的声音好像留在了脑子里，搅得他心神不宁。他昏昏沉沉地跟着羊群转悠了一夜，终于熬到了天亮。令他震惊的是，那只小山羊居然安然地在羊群里吃草。

"我真是活见鬼了。"老爹狠狠地骂了自己一句。他感到脸庞热辣辣地开始麻木，脑袋也涨得越来越大。

回到家后他一连昏睡了一个星期。

儿子知道后第一时间赶了过来，再也不允许老爹放羊了。可是倔强的老爹不服输，和儿子开了仗，无奈的儿子只好服软。

老爹后来对我说，他在这片大地上生活了一辈子，遇到这点鸡毛事就让他服输他真的做不到。

老爹的再一次出滩是几天前的某个晚上。

晚礼拜结束后，他赶着羊群和往常一样走进了黑夜。刚走到必经之地他就听到了一声高亢的吼喊。夜初是很难听到“信吼”的叫声的，所以，受过伤害的老爹就留了意。

羊群刚走上必经之地的小山岗时老爹再一次听到了吼喊。只是，这一次是从西滩的方向传来，声音也小了很多。但是声调呜咽凄凉，令人惊惧。

大病初愈的哈塞老爹感觉到恐怖从心海里往上泛滥。他再也没敢去西滩守夜了，顺手，就把头羊递转了方向。他开始一心一意盯视着羊群，唯恐草场的陌生使羊群在黑夜里出现意外。

可能是意识太集中了，他感到这次守夜和他漫长的放羊岁月的感觉有些不同。到底是哪里不同他自己又语焉不详。

他细细品味着这和平常不同中的况味。突然就从面西的方向传来了第三声吼叫，距离已经非常遥远，声音低沉，隐隐约约，如泣如诉。让久经沙场的哈塞老爹头皮发麻，脊背透凉。

那个寂静的夜晚对哈塞老爹比平时长出了太多，他差点儿就坚持不到天亮。

五

两次与神秘世界的不期而遇使一生倔强的老爹性格发生了突变。

他从来都是大大咧咧的作风，为人本就耿直，从来是辛苦养家，独来独往。拿起饭碗就吃饭，躺下身躯就去梦乡畅游。

他是不求发财，只求心安的上一辈令人尊敬的老人。

哈塞老爹离开西滩后，空旷寂静的原野上，黑洞洞的长夜里，和我有了感应。彼此放羊的距离不是很远，有时甚至能够感受到彼此的羊群在夜晚发出的温馨气场。漫长的夜晚，煎熬也变得轻快了起来。

我年轻，家里事情本就多，白天休息不足，长期的守夜中，虽然夜晚凉爽，也已经负重难耐。有时候熬夜艰难，干脆就放开羊群倒头睡觉。老爹若遇到我黑暗中到处乱摸索的羊群会给我收起来，直到我清晨寻找到他身旁。老爹怜我家事负重，对我多有照顾。

事情出在月中一个月色如银的午夜。

夏天快要接近尾声，季节似乎正在泼洒余热，白天酷热如烤，由于月中的十日都有明亮的月亮，守夜也就舒心惬意了起来。最重要的是目力能够施展开来，就没有必要时刻小心羊群走丢了。这段时间我正好家里无事，白天睡眠也足，晚上开始享受难得的清爽了。

哈塞老爹却被上次落下的病根折磨得困倦不已。

他告诉我，他现在睡眠越来越少了。夏天的长日里，他只能安睡两三个小时，晚上又要给羊群守夜。无奈中就去看医生，医生对像他这样的怪病也是束手无策。一个很有名声的中医建议老爹每天吃两个核桃，并推断说他的病可能是神经衰弱或疲劳过度所致，嘱咐他要多注意休息。

有了老中医的方子，老爹波动的心终于安定了下来。慢慢地他对睡眠不足似乎习惯了很多，甚至也不放在心上了。

夏夜无风，皎洁如水的月光下，虫鸣微薄，乳白色的蒙昽视野里，夜晚是清凉的童话世界。

吃夜草的羊群到了午夜就会习惯性歇场两个小时。那个夜晚，一人多深的柠条林中，老爹的羊群开始歇场。他靠在柠条树上看着羊群。夜色太美好了，催他很快进入了梦乡。

凌晨，“信吼”的凄厉鸣叫把处在惊弓之鸟状态下的老爹从梦乡拉回了现实。如波的月光是洁白的，洁白的月光下世界是银白色的闪烁着光亮，银白色的视野会遮盖大地的峥嵘面貌。哈塞老爹迷蒙的眼睛就又一次没有看到睡在身边的云白色羊群。

羊群丢了！他一时惊吓得不轻。他霍地站起高大的身躯，迷迷糊糊地打开了手灯。安静反刍的羊群被突然出现的光束给吓惊了，轰然一声挤作一团。正是绵羊发情的节令，公羊异常雄猛。一只训练有素的公羊冲出来开始保护受到惊吓的羊群。

老爹还没有弄清发生了什么已经被猛冲过来的公羊推翻在地。他紧紧握着手里的电灯，把光束对准公羊，想弄清楚到底发生了什么。公羊被这个怪物惹怒了，又一次猛冲了过来。

终于明白情况的老爹用最后的力量熄灭了手灯。受到惊吓的羊群挤作一团一口气跑回了十里之外的家。直到第二天上午，老爹才被老伴和儿子找到。

听说他静卧在大地上如一具僵尸，或是这广阔茂盛的大地上的一个黑点，差点儿被宏大的视野湮没无踪。

六

父亲去看望他的挚友哈塞老爹。回来后对我说，没有大碍，只是受了惊吓。只是人也显得老了很多。

我无法从父亲简短的论断里得到更多更真实的信息了。

只是，父亲的面容也苍老了很多。

这高亢，悠扬，凄美，又携带着苍老腔调声的“花儿”，如哈塞老爹久经岁月的面孔。他身上几个月来发生的故事，伴着小南风从眼前清晰地流淌了过去，飘向了远方。这注定难忘的夜晚啊，这注定难忘的歌声，厚实而温馨，亲切又久远。

我循着歌声，踏着湿漉漉的黑暗，摸向他的方向。夜色依然沉重，凉凉的月光很薄很遥远。脚板下磕磕绊绊的，大地是模糊的深奥。

往前走着，哈塞老爹的“花儿”被渐渐减弱的小南风撕成了烂絮，断断续续地传来，音韵中的歌词躲躲闪闪，无法捋清。前方似乎有一丝熟稔的气息，尾随歌声淡淡地，若有若无地悄然而至。

爬过一个小山坡，歌声又清晰了一些，风中熟悉的气息好像也浓烈了一些。月光如流动的水，把前方一片小洼地，笼罩在一片耀眼的蜃景中。深厚的柠条墙发出轻微的颤动。

我停下脚步，想断定那歌声传来的准确方向。凝声屏气中却清晰地听到一声微弱的呢喃，如母亲怀里婴儿撒娇的声音，轻轻地扣动耳膜。

我一阵激动。啊，我苦苦寻找的羊群原来在这里。肯定是羊群歇场已经结束，现在开始起场了，我听到的是小羊羔向妈妈要奶发出的撒娇的低鸣。

随之一阵热烈的气息汹涌而来。我坐下休息，只一会儿，月光下的羊群如散乱的珠玑，排开一条长长的银带向我的方向漫了过来。

已经是凌晨了，最后一抹黑暗黏稠了起来，我几乎能够闻到，黑暗散播的清香，如绸缎般的丝滑，往头顶满满地升腾。

沉静在羊群的气场里，感觉神清气爽，压迫神经的瞌睡早已经无影无踪。羊群漫到我坐的山坡上，在我身边如花朵般散播开来。我安静地坐着，羊们吃草的声音，天籁般在空气中飘扬。

不知道什么时候，哈塞老爹的歌声停止了。静谧的黑暗如水，歌声激起的涟漪瞬间被诱人的宁静所取代。

宁静太诱人，诱人浮想联翩，甚至忘记了时间，忘记了夜晚，忘记了眼下困顿的自己。

嘹亮，高亢的诵经声从远处沉睡的村庄此起彼伏远远地传来，扩音设备使声音的传播清脆而悠扬。

晨礼拜的时间到了，不一会儿天就完全亮了。羊群开始主动地拢过来，它们也明白已经到了回家的时候。

只一会儿天就完全亮了。昏蒙蒙的光亮下，我看到前方不远处叫作必经之地的高地上，一身青衣，身材高大的哈塞老爹正猫着腰身朝家的方向远去。他的羊群已经拢成一片洁净的白云在他身后摆成簸箕阵紧随。远处的村子已经清晰可见，新的一天已经开始了。

我不仅在心里默默地祈祷，祝福哈塞老爹也祝福我。祝福这片从父辈起就生存于斯的大地。

2017 年 12 月 3 日—10 日

记忆的碎片

今天，我收到了去北京鲁迅文学院培训的录取通知书。

想想自从离开学校直到今天已经二十四年了，时间的流逝令人触目惊心。人生能有几个二十四年呢？作为一个生活在社会底层的体力劳动者，回味这二十四年的确是五味杂陈，一言难尽。

我深深地告诫自己，生命就要跨进第三十五个年轮了，学习写作也已经三年了，该是停下脚步，对过去的生活做一个总结，对未来的走向做一次思考的时候了。

一

那是1992年的冬天，记忆中彻骨的寒冷一生都无法抹去。白毛风呼啸着，我推着自行车，一身破烂地走出学校所在的村子。北风如刀，试了几次自行车都踩不起速度。无奈，我只能推着自行车，任无边无际的原野把我吞没。

收净秋粮食的田野一望无际的萧瑟，白毛风肆无忌惮地吹着，寒冷又无孔不入，我破烂的衣衫形同虚无。手冻僵了就停下来，拾些蒿草放火来烤，身体暖和了继续赶路。烤过几次后的手红肿着，彻骨的疼痛。平时骑自行车两个小时的路程，今天竟然怎么也走不到头。

下午很快就来了，夕阳也被冻红了脸庞，薄薄的一层红晕在下午刺骨的白毛风中飘零。手冻僵了，无法点火也无法扶自行车把了，就只能用双肘扶着自行车踽踽独行。耳朵很快就失去了知觉，似乎有锥心刺骨的疼痛正在穿越我的脚指头，脸庞反而感觉有丝丝的温暖。

那种刻骨铭心的寒冷和似乎无形中拉长了太多的路途，白毛风如嘲讽般的呼啸永远印在了我的记忆里如镂似刻。

等我终于走进家门已经是掌灯的时候了。父亲把我抱上热炕，焐在了被子里。整夜我都被手脚的疼痛折磨着，耳朵锥心地疼，但父亲不让用手摸，据说耳朵在冻僵的状态下很容易掉落。

第二天，白毛风依然刮着。吃早饭的时候父亲有些艰难地告诉我，羊群已经在羊圈上安顿好了，母亲带着姐姐、妹妹和弟弟已经过去，他今天也必须赶过去。那里离我上学的村子二十五里路，他正在为我的吃饭问题头痛不已。我告诉父亲我不想上学了，艰难到无法回转的现实，严寒的冬天我没有地方吃饭，家里人跟着羊群去了山里以后我也没有地方可去了。

父亲沉默着吃完饭，套上他的毛驴车拉着我就去了山里。

又一个第二天，我已经赶着家里的一百多只羊跟着堂弟走在了草原上。

那是多么贫穷的日子啊！母亲和姐姐总是在寒冷的风中拾发菜，我在连续几年放羊的冬天里连一件像样的大衣都没有。

那时候原始的游牧习俗还在，放羊人是不能离开羊群的，一年四季随着羊群在不同的地方漂泊，因此生活也就远离了人群。慢慢地当你习惯了那种生活样态的时候，时间的感觉就模糊了，几年随风而逝。

二

原始的游牧经济一切以羊群为中心。我赶着羊群走到哪里，父亲就赶着骡车跟到哪里，给我送来行李和粮食并住两三天等羊群安顿好后离去。日子如此周而复始。

那时候，我就发现父亲无论走到哪里都带着一个红色的小匣子。我很是好奇，一天趁父亲不在，我偷偷地打开了神秘的匣子，原来，里面是几本我过去用过的作业本，宅基地证之类，空白处密密麻麻地写着一些七扭八歪的字。是父亲用僵硬的笔记录着一些令人不可思议的债务，比如，某年借别人几十斤种子或者借某人几元钱之类。我暗暗心惊，不识字的父亲保存着很多十几年前的早已经还清了的账单。等我翻完账单，却发现匣子底部静静地躺着一本书。

越发好奇不已。不识一字的父亲竟然还有藏书，我迫不及待地翻开阅读了起来，原来是一本叫《穆民必读》的伊斯兰教信仰学小册子。我正在阅读，突然父亲进来了，他发现后不但没有怪罪我而且还一脸笑容。后来他告诉我，他很久前就有记账的习惯，欠下别人的分毫都记在账上，做人无法回避欠债，但绝对要记着还账。只是他不识字，很多债务早就清了，可是他不知道记在那个本子上，所以他保存了一匣子基本多余的账单。看到我手里拿的书，他告诉我那是《古兰经》，他送给我了让我好好爱护。

后来的一个冬天，我到清真寺里开设的学习班上去学习。我拿着父亲送我的书，老师问我有没有《古兰经》，我把手里拿的书给老师看，老师对我手里的书只看了一眼就翻开了白眼。

老师告诉我《古兰经》是阿拉伯语的，而且很厚很漂亮。

这件事情深深地刺痛了我。父亲从我记事起就坚守礼拜，在草原上为数不多的和父亲在一起的日子里，我是听着父亲的念经声起床的。他总是耿直地对待债务，在家乡有着极好的声誉。就因为不识字，他竟然把账单的事情都处理不好。就因为不识字，礼拜二十年的他，竟然不知道信仰的根本经典《古兰经》是什么。

我第一次认识了父亲一代悲哀的现实。

三

清真寺里的学习班使我终生受益，我每天早晨学习一个小时，然后回家放羊。就这样周而复始地坚持了三个冬天，完全掌握了伊斯兰教的基本课程，当然，我的意外阅读更让我受益匪浅。

一天我偶然走进清真寺管理人员的办公室，站在墙角的满满一架书深深吸引了我。心灵干渴的我如看到了凉爽的清泉，站在书架前默默发呆，那些花花绿绿的书脊带着我的思绪飞向了神秘的未知。那些书的发现使我惊喜若狂。一位在清真寺服务的老人看到我发呆，走过来热情地介绍，这些都是汉经，也就是用汉语写成的介绍教门的书。我忍着干涩的喉咙，结结巴巴地问，这些经卖吗？老人给了我一个诚恳的笑容，只借不卖。最终他答应我每周可以借给我两本书。

那是 1999 年，我刚满十七岁，就被知识世界的神奇未知深深诱惑，从此嗜书如命。

放羊的散漫日子和追逐未知的激情使每周两本书的借阅量捉襟见肘。我是每本书读两遍的，两本书三天读完。我被缺书读深深地苦恼着。我开始到处打听村里都有那些人可能有书，然后在每个夜晚去一家家拜访，挖空心思套出书来满足白天的阅读。

我居然用两年的时间读完了家乡我能找到的所有书。

其实那个时候家乡已经面临开发了。没有经验的老一代人被国家的宣传深深吸引，献出了百分之九十五的土地，包括草原、荒山、一个村庄和平原地区的基本所有的秋粮地，竟然没有得到一分补偿和优惠。失去了土地和草原的家乡传统经济受到了致命的打击。

我就是在那样的环境下结婚的。

人们被突然的变故改变了生路，到处奔突以求生活。而我把时间分成了两份，求生是可以耽误的，读书、对未知的追求是绝对不能放弃的。

婚后的第一个十年我干遍了体力劳动者所能从事的所有的营生却没有找到人生的出口。

亲人朋友间我成了著名的书呆子。

就劳动的世界而言，百无一用是书生。我成了生活场上真正失败的人。

四

2012年我整三十岁。已经是五个孩子的父亲了。

秋天，打工归来的我满身疲惫地回到家里。经过一个冬天的心理调整后我再一次走进羊群。留在日志里的一首小诗记录了我当时的心情。

《足迹》

而立之年的春天
回首
青春是一首曲折的清流

与老父同坐
面对银霜残躯
蓦然心惊
时间流逝
我竟浑浑噩噩
迷失路途

2012年5月16日

春天，我赶着赊购来的羊群走向原野。当生活终于安静下来以后，我开始从清真书局邮书来读。

放羊，读书。面对人生的困境我深深地沉入了书海，不死的，无法满足的对未知的无限好奇，对生命的思索，对家乡以及自己的现状的拷问占据了我的心灵。

夏天，守夜的日子里。浩瀚的星海，静谧的夜晚，安静的羊群给了我无限的想象空间。某一个夜晚，银色的月光下我坐在村旁的山顶上，脚下的村庄和山脚下老院子里住着的父母让我悲悯难抑，一首小诗随之写就。

《村庄》

凌晨，在稀疏的
雨滴中降临
幽暗的月光
渗透肌肤的冰凉
站在山顶，深情地
眺望。我的村庄
是一掬无奈的荒凉

童年，梦
绚烂的记忆
母亲的辛苦
父亲的汗水
如水的亲情

都被时间的流逝隐藏
哦，我的村庄
青春失去以后
谁能够书写
你的皱纹和心事

从此，无意识的书写开始了。诗歌进入了我的视野，它如一个闯入者，无形中成了我思考的支点。职业的因素，当我的诗歌被越来越多的人阅读，我被称为牧羊诗人。

五

2015年是一个沉重的年份。羊只从年初的一千元以上跌到了年底的三百元上下，年景又旱。养羊人陷入了万劫不复的谷底。我四百多只羊辛苦三年后，赔尽所有，还负债累累。

现实的无奈，我只能淡然对待。我知道在光阴的奔突中我依然是一个失败者，我只能坚持着毫无意义的早出晚归的劳动以安慰妻女，我在绝望中从清真书局赊购来一批批书，任光阴飘零，在知识的海洋里挣扎。

年底，因为干旱粮食又减产严重，我只能育肥羊只，赔本抛出三年的劳动心血以求喘息。

当第一缕寒风刮来的时候，面对空荡荡的羊圈我欲哭无泪。面对家乡、父母、妻子和孩子我投死无门。

正在我迷失前方的时候我收到朋友的祝福，说我得到了新月文学奖，三天后我接到了去马来西亚的通知。

文学给了我人生的另一种可能。

马来西亚回来之后我得到了很多朋友的无私帮助，得以休养生息。

时间已经是2016年3月。

底层的奔波中我已经太累了。我要求自己沉寂下来，好好地读书，毕竟我连基本的汉语运用都没有系统学过，我酷爱诗歌却没有系统读过中国诗人的作品，作为一个信仰背景强烈的穆斯林，我的伊斯兰知识也不够系统，所以我必须弥补知识的黑洞为明天、为下一个十字路口做足准备。

六

想写下来的心情很多，想写下来，给正在奔突的自己一份思考，一份参悟，一份激励。我期盼有时间的余裕，我相信，我三十多年的生命故事也是家乡一代人的生命写照，在不久的未来这将是珍贵的生命历程。我一定会坚持，写下来，给我的家乡，我的后来人一份厚重的答卷。

我感谢在2015年我生命低谷的时候给我无私帮助的朋友们。祝福他们，人生有你们还有何求。

2016年10月31日

暗涌的河流

一

下午悄悄而至。赶着羊群走上村庄边的小山头。任羊群翻过山头，散开在山谷里。美好的一幕就这样在眼前盛开。阳光已经开始变弱，所到之处，大地一片金黄，村庄似披上了蜜汁，静静地躺在大地的怀抱里。时间停止了，吸入的每一口空气都感觉心旷神怡。

父亲站在山脚下的院子里向我喊话：快点把羊群赶过山坡，等天黑下来以后再让它们散开吃草，被抓住可就麻烦了。

这片邻村的草场被一个强人所收购。我们这些祖辈生长其上的人们，现在在这片土地上放羊成了做贼一样的行当。

我转过身追撵羊群，却发现羊们正散开在山谷里，下午的阳光下，大地蔓延着新鲜耀眼的绿，不知名的野花散布其上，衬着洁白的羊群，如入仙境。啊，多美啊，置身其中，打工留下的身心疲惫一扫而光。

听到远处有人在喊羊，是故意压低了声音的，有些压抑、小心、急促的况味。我回过头，就发现大尤苏赶着羊群，匆匆地，从另一个山口溜过来。

我也叫尤苏夫，最近五年的放羊岁月里，我俩形影不离，父辈们为了分别，就叫他大尤苏，我自然是小他几岁了。

他看到我已经把羊群放进了比较隐秘的山谷，就只能把羊群放进他脚下的另一座山谷了，那座山谷远望村庄大路，容易被发现。我看到他正急急地把羊群压向谷底。

啊，寂静的下午，铺开棉衣，沉沉睡去，该是多么的惬意。

…………

沉睡中，我听到了远处传来的狗叫声，羊群吃草的嚓嚓声，村庄里清真寺召唤人们礼拜的诵经声。我知道天就要黑了，只是懒懒地不想起来。傍晚的煦风带着花草的清香使我忘怀。两年没有放羊了，在外漂泊的岁月，那也叫日子吗。我还在沉醉，就听到了刺耳的警报声，夹着愤怒的呼喊，因为是用扩音器在呼喊，所以整个山谷都被震撼。

我赶紧翻起身，才发现天已经完全的黑了，羊群已经警觉地拢在了一起，在山谷的低处惊恐地对我张望。我猫下腰身，爬上山头观察，五辆越野车散开在对面的山谷里，中间围着大尤苏惊恐的羊群。一个高大的身影站在车灯下，拿着扩音器对大尤苏声嘶力竭地骂着。他的身后站着黑压压一群人，都拿着手电，大尤苏和他的羊群裸露在强大光束下，战战兢兢。

吓出了一身冷汗。传说中的抓羊的毛子来了！

二

我悄悄走下山顶。小山谷底是一条泄洪的土沟，此时，黑暗已经包裹了世界，我走进羊群，它们似乎明白发生了什么，急匆匆地全部下了山沟，我坐在沟边的黑暗里，羊群很快安静了下来。二百多只羊竟然悄无声息。等我隔着黑暗看清楚山沟里蠕动的白影，就清楚地听到了羊们反刍的安详的声音。

黏稠的黑暗中，我慌乱的心也安静了下来。

山那边也似乎安静了很多。黑暗中，车的灯光特别耀眼。五束灯光散开来，朝山前的开阔地奔去，寂静的夜里，大地似乎被撕裂了，它们横冲直撞一阵后，向更远的地方走了，远远的灯光小了很多，威力似乎也减弱了很多。我静静地观察着，就听到身后有人走动的声音。心脏都快跳出来了！我俯下身，随手抓起一块石头，模糊的天光中，山隘口出现了一高一矮两个身影，小心翼翼地向我这边踱着，越来越近，原来是父亲带着弟弟来了。

我轻轻地呼喊了一声，父亲循着声音来了。他一把抓住我的手，焦急地问，羊呢！我指指山沟，父亲舒了一口气，一屁股坐了下来。

我爬上山顶察看动静。原来他们留下了两个人看着大尤苏和他的羊群。两个人一边一个，拿着明晃晃的手电跟着羊群转圈。微风中，我听到了大尤苏的声音："哥哥啊，看在我一家就凭羊群吃饭的份上，放了我吧，我再也不敢来这里放羊了。"黑暗中大尤苏委屈，低贱的声音被夜风吹得很是瘦弱。

"王精辉，你给我老实点，我跟你有仇吗？我这是在工作，你再不老实，我们就告诉领导让没收了你的羊群，让你吃不了兜着走。"黑暗中，其声音霸气而底气十足，一副狗仗人势、威风凛凛的气势。

羊群被陌生人干扰得很烦躁，在山谷里荡漾，手电光也在山谷里晃着。竟然，就听到了大尤苏父亲的声音："年轻人啊，给我老汉一个面子，放了我儿子吧，他一个放羊人又没做什么错事。你们今晚放了他，若下次被你们抓住，我亲自上门认罚。"

漆黑一片的山谷里，只看到手电筒微弱的光在晃悠，却听不清纠缠的声音。

我匍匐在山头上，专注着山谷。突然发现又是两个黑影已经发现了我，正向我靠近。原来，大尤苏的姐夫和外甥来了。

听到羊已经被抓了，他们父子一下子钻进黑暗里，向山谷去了。

一阵微风吹来了大尤苏父亲的声音："年轻人啊，你们怎么这样呢？你们放一手就能给别人一条活路。这对你们不好吗？"

"老不死的，别给脸不要脸，有本事就给领导说去，在我们这里讲什么道理。"

"谁是不要脸的，你们给我说清楚，我在这里生活了大半辈子从没有得罪过人，今天你们两个黄毛娃娃竟然说我不要脸，你们不给我说清楚，我就跟你们没完！”

“大爹，我们说错话了，对不起。”

“别叫我大爹，你们这些有人养，没人教育的坏蛋，连尊老爱幼的基本伦理都不知道。怎么就学会抢人了，你们这些吃人饭不拉人屎的东西，今晚你们不说清楚，我让你们趴着回去……”

一片纠缠，撕扯的声音。

黑暗中，从对面的大路上传来了一束过路车辆的光亮，我隐隐地看到大尤苏趁着光线把羊群追下了对面的土沟里，他的姐夫紧随其后跟了下去。这边的几个人还在纠缠。就听到一个男人的声音：“队长，不好了，他赶着羊群跑了，找不到了。”我看到两把手电筒的光束朝山谷深处去了，慌乱中，甩出一连串光波。

心里一下子安定了很多。终于没有被罚，太不容易了。我想溜下黑暗的山头看父亲和羊群，却被一只手死死地攥住了。

“尤苏夫，不要害怕。他们已经走了，你的羊呢？”说着，一张熟悉的脸凑到了我的眼睛前，“啊，怎么是你，我的尤苏夫呢？”原来借着幽暗的夜光，大尤苏的父亲发现了我。我告诉他，大尤苏已经赶着羊群钻进了黑夜里，并告诉了他去向。

他终于安静了下来，带着孙子去找我父亲，一会儿带着我弟弟三个人回家了。

一直到凌晨，巡逻的越野车队从远处回来，在山谷里肆虐了几圈，消失在对面的公路上。

三

夜已经很深了，傍晚时的煦风已经开始钻身体，脚下浓密的野草绊着脚步，此时已经露水淋淋。世界被黑夜包裹得严严实实，真正的伸手不见五指。

和父亲把羊群赶出山谷。只见一团白光在身前散开来，心里暗暗地疼痛，本意让父亲休息一夜的，竟然不能。

对面是一个敞开的沟湾，羊群漫了过去，静了下来。父亲在羊群的另一边。我坐在沟坡上，闭上眼睛，静静地倾听羊吃草的唰唰声。羊吃得很响，几种不知名的小虫开始鸣叫，隔着幽弱的光线，父亲的身影在不远处萦绕着。一辆很重的车辆路过，沉重的呜咽撕扯着黏稠的黑暗，不一会儿，世界又恢复了宁静。

我是第一次夜里放羊。前半夜的紧张空气让我筋疲力尽。守着羊群，寂静中，我不知不觉就沉入了睡眠。

时间走得好慢，我看到山谷里的野花在绿草如茵的大地上纵情地怒放。下午的阳光作用，使视力出现了虚幻的波浪。似乎是少年时期，我和姐姐追着羊群，在草海中奔跑。我听见父亲沉重的脚步在身边徘徊，他似乎正在生气，鼻腔里发出的呼哧声让我心悸。“这个坏蛋竟然睡在这里，好大的胆子，看我不收拾你！”一只强有力的大脚猛踹了我一下，我顺势滚下沟坡。委屈极了，父亲凭什么发这么大的火。

等翻起身，却发现自己一个人躺在山沟里。视野有些模糊，世界安静得没有一丝风声。我铆足力气，一口气爬上沟坡，羊群和父亲都已经不在了，剩我一个人，几乎被黑夜里大地的空旷所淹没。

精神一下子恢复了。

正是农历八月的月末，一弯残月什么时候升上了头顶。柔弱的月光把大地罩在一层薄纱里。奶白的光波中，世界似隐似幻，行走其中，如入梦境。举头南望，罗山的暗影若庞然大物，泛着青蓝、冰冷的光泽。远处的村庄已经有稀疏的灯光了，满天的星斗眨着明亮的眼睛在闪烁，这是个多雨的年份，天空一副玫瑰色的暗蓝。记得少年时，每当这样的夜晚，母亲都会带着我们姊妹们坐在院子里数星星，她给我们讲故事，让我们的记忆永远充满美妙的梦幻。

小南风徐徐地吹来，沉沉的一声咩叫远远地传来。啊，是羊羔的叫声！屏息静听，也有羊打喷嚏的声音传来，我顺着羊群的气息悄悄走进山谷。一片乳白的花朵散落在山谷里。父亲坐在不远处的台地上。

四

我穿过黑暗，绕过羊群，来到父亲身边。远远地就听到他悠扬的诵经声。他富有磁性的声音如溪流在徐徐的小南风里缓缓流淌。走到近前，原来父亲在礼拜。他总是喜欢高声诵经，抑扬顿挫的音调是一首心曲，内里包含了太多忧伤、沧桑、快乐与安静。

我悄悄地躺在父亲脚下。漫天的星斗使夜晚更加安静。一只羊羔发出咩咩的亲昵声，这是绵羊羔向母亲要奶吃呢。此时已经是凌晨了，露水很重，蛐蛐拼命地叫着。没有了白天的燥热，微冷的凌晨，裹紧棉衣，睡觉很是惬意。

天空的银河真如一条河流自南向北流出明亮的光河。北方，北斗七星已经走到偏东的天边，东方已经动了，山的那边有模糊的白色光线正慢慢扩大。

突然想起了少年时，就是在这样漫天清凉的夜晚，和侄儿一起躺在沙丘上给羊群守夜。那时，面对灿烂的星河，听着羊群反刍安详的声音，我们之间的辈分会消失，彼此讲起暗恋的姑娘……

什么时候，我们竟然长大了，那些美好的时光竟也永不复返了！

此时，村庄里传来的宣礼声打破了黎明的寂静。是晨礼拜的时间了，天就要亮了。那些吃饱了草休息的羊似乎有预感，开始蠢蠢欲动了。父亲说：“尤苏夫，你把羊群赶回家吧，礼拜结束，抓羊的人就又来了。我就地做完晨礼拜再回去。”

翻过两道山头，山脚下就是我家了。家门前的小山头是村子里的制高点，站在这里，不但可以俯瞰全村，而且也能对原野一览无余。

一夜无眠，我感觉头昏脑涨，索性坐下来。羊群习惯性地拉成长线，走进羊圈。

此时，村庄笼罩在白色的雾霭中，早起礼拜的家庭，透出温暖的灯光，星星点点，如一只只眼睛，在窥探黑夜的秘密，酝酿生活的温馨。

等天光大亮，能看清楚远方了。我看到回家的羊群撒白了村子对面的河床。我看到大尤苏正在他家院子里忙着圈羊。

不一会儿，父亲从后面赶来了。他呼唤我回家，趁太阳没有出来以前的凉爽睡觉去。我站起疲惫的身躯，看到早起礼拜的奶奶在山脚下的院子里对我们父子期待地远眺。我几步走上前，和父亲并肩走在回家的路上。

太阳就要出来了，夜里放羊的人们和他们的羊群都回家了。村庄静下来了。只是，有一条涌动的河流，在酷热的季节，依然奔向前方。

2016 年 8 月 19 日（初草）

第二辑 血脉的芬芳

而立之年的奔突

北来的凛冽寒风直灌衣领，我围紧大衣，猫着腰身走进坟园。午后的太阳红红的，洒着冷冷的光辉，如冬天河流上游动的波纹，明晃晃的没有一丝温度，也没有穿透蒙蔽的力量。远处的山峁被蒙蒙的雾气笼罩着，荒凉的大地从脚下向远方蔓延。

高低不等的坟头沉睡在荒芜的公墓里，有的土质呈黑色，年轮渗入肌肤。有的只是陈旧，像一件穿久了的衣服，显出熟悉而安静的黄。

视野辽阔，心情的册页瞬间舒展开来。

雄伟的土寨子如慈父般站在太阳下，使这方坟院有了诱人遐想的宁静。

这些日子被浮躁占据的心情，在冷风的吹拂下终于安静了下来。在奶奶坟头上诵经，让滔滔的诵读融入风中，让还在外奔波，难以静下，空虚的心回视自己，思考自我的渺小和无能。

风是在空中漂泊的吧！坐在坟堆间久了，就感到太阳如同抚摸般的暖意。诵完走坟的经文，我开始在坟墓间徘徊。坟院里安睡着几百年来在这片大地上生活过的人们：太多的人们我连姓名都不知道，一部分人的故事形成了传说，还有一小部分是我人生这三十多年里来这里安眠的故人，零星的也有和我一起出生、玩耍、长大、生活过的伙伴。

安静的午后，在寂静的坟院里散步是异样的，透彻的静谧中能够感受到自己心灵的搏动。脚下的坟头给你时光在不停地向未知涌动的切肤之感。心也就安详地，飞得很高、很远，走向深邃。

在一处很深的草丛中，无意中我又看到了那座熟悉的坟。错落有致的坟堆间，这一座似乎矮去很多，枯败的野草拥围着，斑斑点点的苔藓爬上坟头，如时间的一个个黑洞，神秘而又清晰地诉说着岁月的沧桑。

一股无形的沉重，如一缕叹息，悄悄地向我麻木的心头袭来。我又看到了那个健壮的青年，他昂首挺胸地走着，潇洒地向我打出一个响指，露出洁白的牙齿，不荤不素的玩笑就迸涌而出。

那是新千年的第一个十年，我们一群失业的朋友在邻村的采石场当装卸工。

清晨的太阳明媚而凉爽，三三两两的摩托车逆着阳光飞驰着，微冷的空气使我们在夏日的早晨每人一身棉大衣。偶尔有喜欢唱歌的人，胯下的摩托车飞奔着，激扬的歌声飘扬着，一天就这样开始了。

铁路正从家乡路过，需要的石头方量极大，石头山上的生意一派红火。

等我们的摩托车冲上山坡，山头上已是人流如潮。一辆辆车子停在路边，有的已经开好票，车上站着装卸工，有的已经下沟去了，留下一道黄烟。

买河村几乎每家都有一处采石场，他们组织严密，有专门开票的人和收费的人。远来拉石头的车辆都有固定的装卸工，彼此电话联系着，所以石头山上虽然人潮拥挤却也有条不紊。

车子已经在等了，我们三人匆忙地放下摩托车，脱了棉大衣上车了。大个子苏莱玛依然背着半口袋饮料、一包手套。我们帮着他吃力地爬上车斗。

开好票，车子开进一条山沟里。

采石场昨晚刚放过炮，沟里到处是石头，我们一阵欢呼。停好车子后，我在车斗里，大个子和胖兄弟在打开的车门下，开始往车上抬石头。我在车上装，司机坐在驾驶室顶上看我们劳动。

这是拼爆发力的劳动，必须一个小时内完成装车，拖过时间人就会累趴下。他们两人把二百斤左右的石头依次扔上车，偶有扔不上来的就喊我下去，我或是夹力，或是爬进他俩抬起的石头下面，用脊背把石头顶上车板，仅二十分钟汗水就浸湿了衣服。

我在车板上翻起每一块石头，让大石头小头朝下地依次站立，从前面朝后排列，把每一块能举起的石头全部扔上已经立好的石头方阵，这样就能从前面到后面一次性完成装车。

车师傅看得目瞪口呆，他看到大个子苏莱玛背着饮料，就赶紧买了几瓶给我们，并高声地表扬着我们劳动的专业。

今天的运气好，采石场石料充足，我们三人五十分钟装完了一车。

坐上装好的车子走出山沟，再次来到路边等下一车。胖兄弟找来柴火放起一堆火来，三个人围着火堆烘烤汗湿了的衣服。另一辆车已经打来电话，我们要赶紧休息，准备下一场力量的爆发。

第一拨装车的人慢慢地都聚集到了路边，时间还早，路边就燃起了堆堆火焰。人们拥挤着，烤衣服的、吃喝的、开着不荤不素的玩笑的，偶尔来一辆车，就会有几个人跳上去。一会儿从沟里上来一辆装好的车，就会有几个人跳下来。所以路边一整天人流不减。有心眼儿的人就在不远处开了一家饭馆，也有卖饮料和零食的三轮车不时光顾这里。

我们正在烤火，就看到马哈散一个人朝我们来了。他中等身材，腰身壮实，枣红的脸庞，长大衣衬着早晨的阳光，很是风度。

刚在火堆边坐下来他就满嘴怨言："他妈的，今天真不顺。"

"还没有揽到活吗？"大个子问。"半个小时装了一车。"马哈散有些不屑一顾，顺手掏出了烟。大个子给了他一拳："你是给我们找堵来了。""不是。"马哈散放下嘴里的烟，一脸严肃地说："合伙人不行，车上装的人只催促，逼我们半个小时装完的。"他有些气恼地把手里的烟扔进了火堆。"唉，我打人了，今天把祸闯下了。"

我们齐齐地看向他，他有些不好意思，脸色紧绷绷的，没有一丝笑意。

原来，他们小组今天把车的数量订得多了。一般情况，一个小组每天能装七到八车就达到极限，今天他们竟然订了十一车。小组长有些急就催促他们，手忙脚乱中他们完成了第一车，高度有些不够，马哈散就收集了一堆巴掌大的小石头往上扔，他本就身高不够，有些吃力，上面的人又催得急，慌乱中他没有顾及上面，甩开膀子一气乱扔。正扔在状态就听到一声惨叫。他扔得太快了，上面的人没有躲开，被一块石头从车子的另一边打了下来。

石料场的地面是被重车压平的碎石。一个人从两米多高的车上摔下来其后果可想而知，尤其又被石头击中。对方在车轮下又喊又滚，马哈散一下子慌了神，就抓起身边的棉大衣，顺着山梁撒腿就跑了。等一口气跑上山头才突然想起，早晨他来得迟了，为了赶时间他把摩托车放山沟里了。现在跑上山头也回不了家，没奈何就到我们的火堆边来了。

他诉说着，正面向着他的大个子的嘴张大着，甚至都能放进一个不大不小的洋芋蛋了。

啊！马哈散真闯下祸了。我们留下他继续烤火，三个人赶紧跑向石头沟，可千万别出人命。这个傻蛋，竟然用这种拙劣的方式躲避。真是又为他担心，也被他的行为惹得哭笑不得。

马哈散他们装好的车子已经从沟里上来了。山梁上开票的小房子门口挤了很大一堆人。满载石头的车旁，车司机正搓着手，一脸茫然。人圈中间，那个小组长一身草色棉大衣，双手捂着耳朵，手指缝里流着鲜血，一个高大的男人扶着他。意外的是，人们看到他没出大事就开起了不荤不素的玩笑。

“这家伙，昨晚肯定做了好事，早晨着急，一定忘了洗大净。”

“队长先出彩了，这组人今天肯定大发。”

众人哈哈大笑。

扶人的大个子高声对人们说：“哥哥们，咱老大已经飞了一次，大家让开路让他再飞一次，他现在真想老婆了。”

众人哄堂大笑，慢慢地散开了。

受伤的小组长和正在搓手的司机握了手，示意司机可以走了。司机有些局促地交了装卸费，钻进了驾驶室。

石头车走了，受伤的小组长大声地对众人吆喝：“今天我受伤了，干不了了，谁愿意装我今天订下的车，还有十车，来两组人吧。”很快就有人跑过去向他要电话号码了。

人终于散去了。小组长一屁股坐下来只喊叫：“主啊，我差点儿把耳朵丢了。”看到我走过来他一把抓住我的手：“以后一定要小心啊！马哈散那个坏蛋，专捡小石头往上扔，哪里是扔，简直是飙嘛。我只顾着躲他的石头了，就一脚踩空掉下了车。幸亏车已经装完，出汗厉害，被风一吹我感觉冷得难受就把棉大衣穿上了，要不然今天真就把我的老命给要了。”

看他并无大碍，我过去把他扶上摩托车，说了几句宽慰的话让他走了。

当天他们的装卸小组就解散了。剩下马哈散一个人成了我们小组的一员。

马哈散比我要小几岁，人虽身材矮小却爆发力极好，他是那种性格好为人勤快又喜欢交朋友的人。

我一直在车上装，他们三人在车下扛。很快我们成了石头沟最能扛石头的一组。

胖子兄弟是慢性子人，干累了他就回家了，剩下我们三个继续装车。每个人都有自己的分工，我负责在车斗里按师傅的要求装好车，大个子要用最快的速度把几步之远的石头滚来，另一个人要把太大的石头用二十四磅的大铁锤破开，车下的人要干好彼此的活儿，还要合作顺畅保持好节奏才能让大家都不太累，又能干出速度。

胖兄弟回家了，破石头的任务就成了马哈散的了，他把和他基本一样高的锤把甩开了，竟然锤锤开力，石屑飞迸着，炕大的石板被他全部破成了合适的大小。司机跳下车，给马哈散买水买烟，佩服不已。

马哈散就那样不紧不慢地干着，有时候激情来了，他会扒下衣服光着上身抡锤，有时候还会边干活儿边唱歌。就是这样劳动的日子里，我们成了很好的哥们儿。他骑摩托车的技术极好，于是和我相约共骑一辆摩托车，每天从家里来去。

永远难忘的日子，就在这十里路上铺开了。

早晨他会发一条信息：哥哥，十分钟后见。

等我换好衣服，装好吃喝，他已经在院子里了。

他把摩托车骑得四平八稳。有时候时间紧急，他会不停地加速，身材高大的我围紧大衣缩在他身后，耳边的风呼啸而过，他会激情地唱起歌，路两旁是平展展的玉米地，早晨的薄雾里摩托车如风而过，马哈散五音不全的歌声飘洒一路。

有时候会干到很晚，我怕他飙摩托车，就让他坐在后面。一天的大汗淋漓后身体奇臭，他身材比我小，为了避开我身上的气味，他就站在车后，搂着我的肩膀，让我担心一路。

日子在劳累和匆忙中很快就到了秋天。

装车耗损体力太厉害，大个子因为腰肌劳损，不敢坚持了。胖兄弟三天打鱼两天晒网，多数时候我就和马哈散两个人扛着。他耐力极佳，时间紧急的时候，我在车上装，他在车下一个人包揽破石、翻石，甚至把绝大多数一个人能搬动的石头都扔上车板。体力透支严重，回家的路上他会趴在我身上，出透汗的身体发着酸臭味儿，他却睡得很沉，我骑着摩托车担心一路。第二天早晨他依然歌声一路。

有时候车少，时间宽松，我躺在暖阳下睡觉。他坐在我身边，神秘一笑："哥哥是不是昨晚又加班了。""唉！苦成这样了上不去啊，等冬天闲了再补课。"

"我可等不到冬天。"马哈散哈哈大笑，"老婆已经同意再生一个了，我必须努力，有必要拼命了。"

"那算了，咱哥儿俩不装车了，我的粮食快收秋了，得休息一段时间，你就闲一段时间办大事吧。"

"没事，你若收秋，我就去下煤窑，总之我的要求是每天要给老婆交账，让她开心地生活。"他说着就哈哈大笑起来。

我被他的耐劳和乐观深深感染着。

秋天了，我的油葵熟了。就准备休息一周开始下田。清晨，去清真寺的路上我给马哈散发了信息，也就安心地去寺里了。

一段时间没去寺里了。礼拜结束，红红的朝阳下，和阿訇站在廊下聊天。秋天是这样的美好，寺院里零星的牡丹红艳艳的，柏树披着朝阳，清真寺特有的安静让人心爽。我俩正在聊着，就看到马哈散骑着摩托车从朝阳中现身。他已经看到我了，就直接进了寺院。

长到脚踝的棉大衣，紫色的摩托车，透过阳光，他的头发泛着黄色光芒，逆着阳光面容显得暗淡。

原来，他没有看到我发的信息。知道我去不了了，剩下他一个人，也只能回家休息了。

他逆着阳光而去，似乎走进了光与彩的蜃景。现在每当想起，那个画面都会清晰地浮现，如镂似铭。

忙完田里的活计天气已经很冷了，大地萧瑟，生计依然匆忙。那拨朋友们相互吆喝着一起去下井。

他们撺掇我说，绝对能挣到钱。想到要在地下近一公里深处劳动，我有些后怕，就推托着不去。一个月后领了工资的他们来向我炫耀，我依然不为所动。

寒冷的冬天，我一直窝在家里看书，忍受着局促生计的煎熬。

宰牲节后的第二天，马哈散来看我。人很精神，以前枣红的脸庞现在变得白皙了许多，也没有了以前装车时的窘迫相。

原来离开石头沟后他就去下小煤窑了。相比之下，下井虽然危险些，却上下班时间固定，收入好，也不似装车那样卖力。我被他说动了，就托人找门路要去试试了。

太阳山煤矿离我们的村子有二十公里远。村子里下井的人们组成了两辆小面包车。我终于加入了其中。

第一次下井我惊呆了。

一条甬道斜着直插地下，一起的朋友说有五百米深。阶梯已经被上下行人的双脚踩踏坏了。甬道两边有两根绳子，上下班的人们基本是攀着绳子上下走的，穿着齐膝的胶靴，在潮湿的坡道上攀登，人不敢分神。上下之间，我感觉有五公里之遥。

熬过十个小时的井下劳动，终于，我费尽心力地爬上了甬道。钻出井口的一瞬，冷风呛得人瑟瑟发抖。安静下来，才发现已经是凌晨时分了，黑夜笼罩着大地，星星却泛着格外明亮的眼睛看着我。

同车的人们已经在等我了。

破旧的面包车在广阔的原野上颠簸奔驰着，大家彼此交流着井下遇到的危险和劳动的故事。我疲惫透了，没有心情参与他们的谈话，就透过车窗眺望模糊的天际，盼着能早一点回到家。透过模糊的车窗，我看到漆黑的夜里前方有一抹光点在闪烁，细看，不是灯光，远远地在前方抖动，车子离的越来越近，光点变成了红色，再近，光点变大，抖动成气势，最终看清了，是一堆篝火在路边燃烧。正是一个大上坡，车子慢了下来，原来是马哈散！他依然穿着那件棉大衣，站在汹涌的火堆旁，手里提着安全帽，腿上绑着护膝，正在烤火，他紫色的摩托车站在身后，巨大的黑暗里，显出他被煤染成漆黑的脸，两只眼睛闪着明亮的光。

我们的面包车擦身而过，马哈散和火堆很快变小，只一小会儿就被黑夜淹没。

车上的人们议论纷纷。

“马哈散真是个铁人，寒冬腊月的夜里一个人骑摩托车跑在旷野上。我真服他，真担心车子出问题，矿上规定不让带手机，落在这冰冷的荒野里，只一次怕就没命了。”一个人说。

“他是个倔㞞，家里老爷子条件那么好，他甘愿受这份罪，冻死他活该。不就每天来回二十几块钱吗，他却宁愿受罪都舍不得，这样的人没救了。”另一个说。

没有人搭话，说话的人也就索然无味了。车灯在黑夜里奔突着，黄黄的微光令人温暖。

几乎每天晚上都能遇到马哈散孤独而匆忙的身影。寒冷的夜里，摩托车总是若幽灵般狂飙而过。我也慢慢地习惯了他独行侠式的风格。只是暗暗为他担心，牵挂着他，只要看到他骑摩托车的身影也就放心了。似乎没有了他，这荒凉深邃的夜里就缺少了什么。

日子就这样推着向前走去。

忙于生意的岳父老人家知道我下井的事情后很担心，他要求我帮他跑一趟江南，所以我在小煤窑上只干了二十几天就离开了。

在江南的日子里，每当夜晚我都会想起马哈散，寒冬腊月里他和他的摩托车还好吗！真为他担心，多么盼望他能够平平安安。

等到岳父的生意彻底结束已经是年后了。春暖花开的日子里，妻子有了身孕，我无法分身出去打工了，一个人在田间地头的琐碎中忙碌着，日子也就不咸不淡地过去了半年。

仲夏的一个雨天，持久的劳动后我疲惫至极，一觉睡到了下午。急促的手机铃声把我从深沉的梦里追醒。睡眼惺忪中手机里传来的微弱的声音出乎意料，原来是马哈散。

这才发现，已经好久没有联系了。

他吞吞吐吐地把问候的话说了一大堆，我的思想转到了别处，几个月不见他到底怎么了。声音里竟然没有了他一贯活跃的气息。

“哥哥，能借点钱吗？”

“没问题，我手里正好有一千。”

电话里有了短暂的沉默。然后传来了微弱的声音：

“我需要三万救命。”

“救命！你怎么了？”

“哥哥我得了膀胱瘤，手术出了问题，下体传染了。兄弟恐怕不行了。”泣不成声中他挂了电话。

无力给予他有力的帮助，我只有被深深的自责埋没。

世间的事情是如此的变幻。似乎他那拼命的劳动和抠搜的行为一瞬间有了某种诠释。几周前朋友间传说他刚得了儿子还暗暗祝福他呢。

他不会是在和我开玩笑吧，赶紧打电话咨询其他朋友。

原来我离开小煤窑之后刚几天他也辞了活计离开了。传说他得了病，只是都不在一个小组里劳动，都忙于生计，疏于联系，不知道他的病竟然严重到了如此地步。

惦记着去看望他。多次打电话他都在医院里，电话那头，他似乎乐呵呵的，拒绝我们去看望，说他过几天就出院了，到时候请兄弟们一起在他家聚聚。我们就依然在琐碎中纠缠着，一直等着他归家的消息了。

传来的消息总是断断续续，一段时间好像去很远的地方看病了，似乎病情得到了有效的控制。准确的消息是，马哈散的父亲把误症的医院告上了法庭，得到了一笔不小的补偿，又有些宽心了，医药费用有了保障，治疗应该不太艰难了吧。

一直到炎热的夏天快要结束了，突然就听到了消息，马哈散治疗彻底失败回来了，传言说身体下面误症造成的伤口腐烂严重，大便直接从伤口外流。可能生命只在旦夕之间了。

现实是如此的触目惊心，二十八岁、不服输的男子汉，玩命式地为生活奔突的硬汉、两个孩子的父亲、没有谋面他的只有二十五岁的年轻妻子……我再也没有勇气去看望将逝的他了。拿起手机，无法拨出那串熟悉的数字，想象他年轻的妻子和还在襁褓中的孩子那无助的眼神，心痛得无法面对。

马哈散回来的第三天清晨，我刚到清真寺就听到了他离世的消息。从清真寺出来，加入探望亡人的队伍。我怎么都无法接受，睡在尸床上，已经缩小到看不出人形的竟然是他。

这一次我真正体悟了生命的单薄和无奈。

太阳热烘烘的，坟院晒在乳白色的大地上。年景干旱，坟头间稀疏的野草蔫着，泛着沧桑的绿。

送葬的人群在太阳的暴晒下疲惫不堪。我站在远离人群的地方，看着先人们留下的老寨子，看着远处淡蓝色的罗山，看着人们把他放入墓穴，恍若梦中。

一个朋友告诉我，治疗失败后回到家里的他整日泣不成声：“我的两个肉肉啊，我终于没有扛下去，这个世界没有我会更好，可是你们怎么办呢！”

葬礼结束了，跟着人群默默离去。

从那以后每次来坟院，我都会想起那天，想起他。那似乎是历史的一个分割，我永远也无法舍去其中的况味。

冬天的日子总是匆忙的，太阳已经到了西南边的山头上。捧起双手，为马哈散也为自己祈祷吧。

让自己静下心来，迎接下一个匆忙的春天。

2017 年 2 月 13 日

遗失的手稿

我是十七岁的时候，开始嗜书如命的。那时刚学会读书，知识的诱惑就让我痴狂不已，我的家乡是真正的穷乡僻壤，我是个知识饥渴严重的放羊娃。而书，在这个黄土深埋的世界里的确是真正的奢侈品。为了有书读，我下定决心一定要去拜访村里所有可能有书的人家，不管遇到多大的困难也要套出珍藏着的书来。

整年中，每当放羊回家，晚饭结束后，我就匆匆地走出家门，隐入黑暗，去敲久久诱惑着我的一个个陌生的家门，以一个晚辈和不速之客的身份去软硬兼施地找书。

那是一个风沙漫天的春天，一个地痞来我们村里避难。我通过其外甥借来了他的一大包书。拿到书后我乐坏了，迫不及待地就一本一本地翻开了。就在我翻一本厚书的时候一本小册子从中掉了出来。

这是一个书名《致，询问真主在哪里的人们》的小书，好奇不已。书的主人是个臭名昭著的坏蛋，他的一包书全是武侠小说，竟然藏着一本有关教门的小书！

记忆中迫不及待地读了五六遍，那是一册认主学答问的摘要。对于其时迷茫的我，它给我指出了一个朦胧的方向。

一直以来就听说过村里一位老阿訇家里藏有不少汉经。而从那一天起，我开始算计老阿訇的书了！他到底有什么宝贝呢，怎样才能够全部看到呢？一个多月我都在想方设法中煎熬。

偶然从书中读到这样一则传说：圣门弟子中的贤哲伊本·安巴斯，先知逝世时只有十五岁。为了能学到先知留下的知识他不耻下问，时常徘徊在那些德高望重的老圣门弟子的家门前，为了能收集到一则圣训他可以纠缠很久，甚至，对方在睡觉他就在其家门前等候，哪怕三天。若对方答应给他讲述，他就铺下自己的长衫让其坐在上面，以示尊重，最终在不懈的努力下他得到了所有在世圣门弟子的认可！

一时豁然开朗，晚上，我就坐在了老阿訇的门廊下。

老阿訇在路边开一间小杂货铺。此时屋子黑着，不远处的清真寺正灯火通明，看来是到寺里礼拜去了。

等寺里的灯光灭了，巷道里就有了幢幢人影。老人孤独地走来，回了我的问候，就开门请我进入。没有想到，他不认识我，我只好自报家门。他有些惊讶地看着我，看到他好奇，我抓住机会向他详细地说明了来意。

出乎意料的是，老阿訇热情地接待了我，高兴地答应我，我可以读他家藏的所有书，条件是绝不能损坏了。

走出老阿訇的小屋我激动不已。他住在村子的最东边，我家在最西边，相距一公里。我抱着一纸箱书，走在黑夜里，不知不觉就回到了家里！

真没有想到，老阿訇的藏书会这样丰富。虽然宗教内容占绝大多数，但都是今天看来特别珍贵、重要的书，而且其中还有一定比例的文学和故事，甚至革命类型的书。

那个时候的我是多么的痴迷啊！春天过去了，夏天过去了，深秋又来到，我深陷阅读而没有感觉到时间的推移。

我每次把读完的书送回和老阿訇换书的时候，他都会和我聊一个晚上。他给我讲他对马坚翻译的《回教真相》的理解；问我陈克礼《从穆罕默德看伊斯兰教》能不能看懂……有时候，他甚至问我对婚姻的考虑。

年少轻狂的我把他当成了知己，总是畅所欲言。让我高兴的是，老阿訇的几个儿子见到我也热情了很多。

两年时光就这样匆匆而过。

那年深秋，国家开始搞封山禁牧。年景又旱，所有养羊人都面临着失业，甚至破产的威胁。整个秋天，父亲总是和我商议，我家该怎么办。商议拖延了很长时间。冬天来了，封山开始了，出去放羊的人被狠狠地罚款，有的羊只还被没收，羊群被堵在圈里。望着草原没有了出路。

只有卖了羊群结婚了。不然，我近十年的劳动会被消磨殆尽了。仓促的事情忙碌不堪，那个冬天我几乎在慌乱中度过。等到我结婚以后，家里已经没有了羊群，我只能接了父亲的活开始种田，他闲在了家里。

生计的变动让我疲于应付。同时也解除了羊群对我的禁锢开始接触外面的世界了。有了家，又能在外面买书读了，所以，我到老阿訇那里去得少了，而且也去了就走，几乎不和他聊天了。

等再一次春天来临的时候我变成了农民，农闲的时候开始打工了。没有了羊群，家里经济困难，我忙里忙外，书读得少了许多。

老阿訇那里，我半年没去借书了。

一个初秋的下午我拖着疲惫的身躯打工回到家里。和一个多月没有见面的父亲聊天，他突然对我说：

“你把事情办得很糟哦。”突然的谴责让我迷惑。那时父亲脾气暴躁，看他有气，我不敢发问。

“奴哈阿訇最近来家里了，”父亲严肃地说，“你曾跟他借书两年为啥不让我知道？”

我从来都是隐藏自己对知识的热爱的，没想到父亲还是知道了。

“老阿訇很喜欢你啊！”父亲的口气和蔼了许多，“但是他很多心，你很长时间没有去看他了！”

真是惭愧啊！！

“他想见你就来家里了，你却没有在。他抱怨说，我们家看不起他呢？”父亲一脸严肃地看着我。

……

父亲看我一脸茫然，悠然地说：

“他说，刚开始他对你好是因为，他认为你是看上他的女儿了。可是他等了很久又问了你，你却没有答复他。”

父亲严肃地看着我。

“你去探望他吧，看不上人家的女儿也不能不理人嘛。”

真是天大的误解啊！扪心思考又觉得奇怪，也许是我每次去都是晚上吧，两年多了，却没有看到过他的老伴！只是有一次阿訇给我两册崭新的《召唤》杂志，意味深长地说，是他正在念阿语的女儿送给我的。其时粗心，看完之后感觉很不错，因为是穆斯林杂志就顺手送给一位向我找伊斯兰图书的汉族放羊老汉了。

真是从来也没有见过阿訇的女儿，也没有和自己联系在一起想过啊！当时若明白老人的暗示，也许现在真是他的女婿了呢！暗暗心惊！

那是个初秋的午后，我怀着复杂的心情走进了老阿訇路边的杂货铺。正埋首读经的他，看到我喜出望外。他竟然亲自为我泡茶。

按家乡的辈分我是晚辈。而他却待我如兄弟。他开口就宣布，他有重要的事情要和我谈！

至今想起老人矮小和枯瘦的身影令人心碎。那天，他给我讲起了他的满拉（学生）生涯，和他对家乡教门传统的了解，从清朝末年讲到中华人民共和国成立。

令我叹服的是他对遥远的满拉生涯有着深切的怀念，对川流不息的教门传统了如指掌，并且充满了尊重。

而讲到 1949 年以后他的表情黯然失色。他说：“我二十岁的时候遭遇了文化大革命，当时清真寺里有四个满拉。老师父被打倒了，我们都年轻气盛，其中三个人参加了‘红卫兵’。只有一个经念得差，为人老实的下地劳动去了。

“我们被社会气氛感染，胡闹了十年。这期间老师父遭受了非人的打击，我们三个也和他划清了界限，只有那个老实的满拉常常偷着去看望师父。

“文化大革命结束时我四十岁了。经学已经荒废了。老师父刚得到了平反。很快，老师父被请去大清真寺开学了，他老人家做的第一件事情就是宣布，他的三个干过‘红卫兵’的徒弟永远也没有资格开学了。他们属于教门的败类！！”

老人悲哀地说：

“师父在1949年前就是韦州以北的经学权威。十年了，那一代能与之对等的老阿訇有的逝世了，活着的被摧残了。而他正年届六十，精力充沛，而且这十年他一直在偷偷自学，尤其他本就记忆力惊人。

“因其为人刚正不阿，治学严谨对教门事物一丝不苟的态度，文化大革命后他成了绝无仅有的经学权威。其言论得到了彻底的尊重。

“所以，我们三个当时就被判了刑。他们两个终生都没有开过学。我被伊协推荐去西海固开了二十年学。直到老师父逝世才回到了家乡。

“那时候我整六十岁。精力旺盛，盼望做了半辈子阿訇能开家乡的清真寺。我等了五年，清真寺不请我，我继续等。十年，也没有。这时我相信了师父的威望，对这一辈子在家乡开学彻底失望了。”

此时，不远处的清真寺传来了宣礼的声音。老阿訇不让我回家。他说礼拜回来他有事情要给我说。我和他第一次一起去寺里礼拜。

从清真寺出来太阳已经很低了。巷子里的阳光已经开始泛黄。老阿訇似乎很高兴。

走进他的小铺子。他就拉开了话匣子。他有些欣慰地说：“去西海固的时候我就感觉到，回家乡的日子也就是我阿訇生涯结束的日子。所以，开始的时候我很痛苦。那时，伊协常会寄来报刊杂志。尤其是《中国穆斯林》和《阿拉伯世界》我非常喜欢。

“当‘红卫兵’的时候我就学会了读汉语。这时候派上了用场。其实那时候我已经感觉到，荒废了十年，我讲解经典已经很吃力了。而且再学习阿拉伯语自己也已精力不足了。所以我只能每天晚上下苦功慢慢地啃了。我从杂志上了解到，当时有很多关于伊斯兰经的书已经有出版了。我就借助伊协找这些书来读，我几乎找到了当时能看到的所有关于回族和伊斯兰教的书。令我欣慰的是，我的两手抓，竟给我荒废了的经学得到了满意的补充。”

老阿訇缓了缓气，平静地说：“在我等待开学的前五年，我就在想，若以后没有学开，就没有满拉教了。那么，我学了一生的‘尔林’（知识）该怎么办呢？等死了带到坟墓里去吗？

“我这样拷问自己十年啊！”

老人一边说着，一边从炕头的里首抱出来一个纸箱子。他打开箱子，拿出一摞用牛皮包装的书来放在桌子上。我数了一下一共十五册。他拿起一本递给我，看了我一眼继续说：

“当我终于失去了开学的希望后，我突然想到了书写。是啊，我为什么不学前辈的大师们把‘尔林’写成书呢？

“从此，我把自己的一生所学写在了这些本子上。十二年，我写了十五本。”

真是惊心动魄的人生啊！我详细地端详手里的册子，有 280 页书左右厚。封面是自制的硬书壳。翻开来，竟然是用白纸自制的本子，和书一模一样。第一页空白，第二页干净的纸张上方用阿拉伯语写着书名，下面写着《教义手册》。纸底写着“2002 年”肯定是书写年月了。翻开正页的内容，用蓝色墨水写的钢笔字，字体斜着，很整齐。引用经典的地方用红色墨水写着阿拉伯语原文，阿文娟秀美观。书法非常漂亮。

老阿訇对我笑了笑，有些不好意思地说：“两个月前，我完成了书写。就去找你，想让你帮我看看，文字表达是否通顺。可是当时你不在家。

“这些天我一直在考虑。其实，从我回到家乡，就没有职业，后来又给儿女们结婚。一直生活得很穷，就以这个小铺子和种点地为生。老伴很抱怨我没有本事。开始写作以后，我为了清闲就和她分开过了。只是为了儿女好看住在一个院子而已。所以我根本就没有能力印刷啊。

“这件事情包括我的儿女都没有让他们知道，他们都是劳动人，也不懂这些。我之所以告诉你，我是指望，如果我口唤到了，我会让守我的人把手稿给你。若将来安拉的口唤来了，你帮我让它能够出世！！”

说完了这些话，老阿訇如释重负，用期望的眼神看着我。我心情沉重地念了一句“印沙安拉”（若主意欲）。

和老阿訇是在昏礼拜后的清真寺里告别的。走在这一公里的土路上，头顶星斗灿烂，内心却五味杂陈。我只能在心里暗暗祈祷。主啊，若有手稿送来的那一天，盼望没有什么意外吧！盼望能完成他的希望吧！！

那年冬天我和几个朋友到内蒙古打工去了。直到过年的时候才回到家里。

那天清晨，和父亲去故乡上坟。初升的朝阳把对面的山坡和荒废的村落照耀得明亮如洗。走进坟院不远，父亲指着一个新坟对我说：“这是奴哈阿訇的坟！”

我一时心惊。短短两个月老人已经去了另一个世界！我严重失语。

回来的路上我问父亲，他的后辈没有送什么给我吗。父亲表情复杂地说：“我只是听到别人背谈，说你曾经对老阿訇图谋不轨。”

回到家里，我赶紧给在老阿訇常礼拜的那个清真寺开学的妹夫打电话。告诉了他详细情况。拜托他打问手稿的下落，妹夫答应我他会尽快去拜访老阿訇的儿子们，让我等十天。

一周后，妹夫来找我。他说：“我拜访了老阿訇的儿子们，他们都说不知道老人有手稿的事情。没办法，我又问了他的孙子们，他们说，老人让后辈人把所有的经书都舍散了。只剩下这一本了，至于手稿没听说过！”

说完，妹夫拿出一个纸包放在我面前。他走后，我打开纸包。是一本大书，外面用牛皮纸包着保护套，由于年代久远已经有所磨损。打开封面，第一页也是加上去的牛皮纸，空白着。第二页也是制作加上去的，页面上用阿拉伯语和汉语分别写着《中国穆斯林》，底边写着 1982 年。

原来是八册《中国穆斯林》杂志的合订本，是老阿訇自己制作的合订本。依然是娟秀美丽的字母，依然是斜立着的汉语书法。

又一个春天过去了，又一段岁月开始了。只是不知道，这手迹后面的痛苦与积累，和那颗殷殷之心，那一生的心血都去了哪里！

2015 年 4 月 6 日（初草）

金色百花谷

正午的太阳如一枚火球在头顶上熊熊燃烧，燥热裹挟着大地，呼吸都热乎乎的。刚下过透雨，大地是翠绿的海洋，远方，正午的蜃景把视野撕裂成奔腾的波浪，四野如梦如幻。

羊群终于安静下来了。

站在山头上俯瞰，炙热的正午，村庄暴晒在疲惫的大地上，安静得只剩空虚。正是羊群歇晌的时候，绵羊挤作一团，彼此把头放在对方身下的阴影里，有节奏地喘着粗气。山羊散开来，趴在干热的地面上安静地反刍着。大地越加显得宁静而寂寞。

我看着山脚下的家望眼欲穿。每天羊群歇晌的时候父亲都会来换我回家吃饭，然后去涝坝泡一个惬意的中午，下午换回父亲继续放羊。

今天，我已经等待得久了，父亲却没有出现。山脚下几步之遥的家坐在沉重的寂静里沉默着。我按捺着闷热而焦急的心情盯着山脚下的家望眼欲穿。院子空洞地晒在太阳下，几棵白杨树蔫在那里，几只乌鸦无精打采地在屋檐下假寐。平时这个时候我已经和朋友们泡在涝坝里很久了。这样想着，感觉太阳的热度又增加了很多，草帽下卑微的阴凉令人烦躁。

此时的水套村沉睡在脚下炽热的寂静里，如一件被抛弃的衣服，忧伤的任正午的骄阳无情地炙烤着。

我看到村北边的涝坝那里挤满了黑压压的人群。似乎是全村出动的架势，发生什么事情了吗。正是农历六月，绵羊刚剪过夏毛，每天都有人赶着羊群来涝坝洗羊。正午的涝坝里泡满了人，看到待洗的羊群会一哄而上，一会儿涝坝里就会撒满了绵羊和裸着的人。兴奋的叫喊声使整个正午都更加热气腾腾。下午慢慢走来，羊群已经洗得雪白，被主人赶向碧绿的原野。涝坝里泡着的人们玩尽兴了，穿上衣服，匆匆走向自己的生计。一会儿时间，涝坝蓝汪汪地静在了那里。下午的劳动又开始了，村庄的四周一群群羊在放羊人悠扬的歌声中撒向远方。

今天是怎么了？站在村边最高的山顶上，我看到人如浪，围着涝坝边转圈，看不见待洗的羊群，也听不到玩耍的呼喊声，只是隐隐觉得，在这寂静的正午似乎有什么事情正在村庄里悄悄地降临。

寂静中，太阳已经悄悄西斜。

我无法忍耐持久的炙烤和已经延长了太多的饥饿，就扔下羊群，回到家里。院子里除了白得晃眼的阳光就是无边的寂静。屋门大开，家里一个人都没有。我忍耐着疲倦，昏昏欲睡。

一直等到下午羊群就要起场的时候，父母终于回来了。

父亲让我吃完饭赶紧去接他，就先赶着羊群走了。母亲竟然哭红了双眼，却还是匆忙地一心为我做饭。我只能在一旁看着，不敢问到底发生了什么。直到母亲给我做好饭，才哽咽着告诉我，今天中午侄儿小林赶着刚剪完毛的羊群去洗羊，涝坝里正在游泳的很多年轻人都来帮忙，结果人太多羊群受到了惊吓，一只公羊跳下水向对面游去了。人群到处呼喊，受到惊吓的公羊游到涝坝中间迷路了，开始就地转圈。一直到羊群都洗完了，水中迷失了方向的公羊还是没能上岸，于是小林就游过去救羊。几百亩大的涝坝，他平时能游几个来回，所以人们都没有在意。也不知道为什么，等小林游到公羊跟前竟然也转起了圈子，岸上的人们看到不对劲就齐声大喊，让他快点回来。陷在水里的公羊听到喊声，循着声音游了出来，而小林却一直在原地转圈。看到不对，几个水性较好的就一起下水去救他，结果等他们游到跟前小林已经沉水了，钻到水下也没能找到他。

消息不胫而走，全村的人都来了。结果忙碌了一个中午也没有找到小林。焦急中岸上的女人哭成了一片。

最后请来了村子里几个水性出名的中年人，绑了筏子，才找到了尸体。原来他游进了有水草的漩涡，被草藤缠住了腿，最后陷进了水下二十米处的淤泥里。

我扔下母亲匆忙中为我做好的午饭，一口气跑上山坡，疼痛如无边的波浪把我淹没。在我十五岁的生命花季，那最鲜艳的花朵枯萎了。那只该诅咒的羊，让我湛蓝的天空失落了最耀眼的星星。

父亲回家了，他沉默如山。羊群已在脚下的山谷中散开，静静地吃草。午后的太阳已经不很热了，视野格外的鲜艳。充沛的雨水，让山谷里的野草怒放如绿色的火焰，如茵的大地上，散开着洁白的羊群，一些不知名的野花争相开放。

多美的下午啊，多么美丽的百花谷。温情的阳光给大地镀上一层薄薄的金色，视野是一幅超越价值的绚烂画卷。

那是两年前的西泉村。父亲带着家人和他多年的积蓄要去水套村盖房子，他准备迁移。留下我和羊群在老村子里守候。那时，十三岁的我，还不会做饭，在广阔的草海里，整天忧心忡忡。母亲安慰我说："我给你备足了干粮，而且过几天，阿丹哥哥就会来和你一起放羊，我也会隔三差五让姐姐来给你补充干粮的。"

就这样，我和羊群被扔在了破败的村子里。我已经习惯了羊群，所以白天的日子并不难过，每到下午，我早早地丢开羊群回家做半生不熟的饭吃。晚上，我不敢一个人待在空洞的屋子里，就坐在羊圈墙头上给羊群守夜，静听羊们在黑暗里安详地反刍，直到坚持不住后倒下睡觉。第二天早早的赶着羊群出滩。周而复始，一周时间，日子黏稠而酸涩。

一天下午，我拖着一身疲惫走进院子，发现房门大开，一个中年男人在我的土炕上正鼾声大作。我走进屋子放下水壶，却惊醒了他。他坐起身来，露出洁白的牙齿憨憨地笑着。他自我介绍说："我是你阿丹哥，带着羊群从吴忠来。我已经提前给姨夫打过招呼了，听说你吃饭有困难，我来了，你就没有困难了。”他呵呵地笑着。我暗暗观察，这个我素未谋面的表哥，浓眉大眼，膀大腰圆，四十多岁，虽然他满脸傻气地笑着，我还是隐隐感到从他那里就传来一股杀气，似乎一下子他的身体比我高出了很多。

他说：“我是前面来送粮食的，你侄儿在河对面看羊群，你别着急，我现在就去换他来给我们做饭。”

那是一个春天的傍晚，晴朗的天空已经开始变暗，邻居家的毛驴子亢奋的叫声使破败的村庄活跃了不少。期待已久的阿丹终于来了，我高兴地感觉到心里的乌云终于开始悄悄地散了。

西泉村是因为羊群而兴起的村庄。此时傍晚，正是羊群回家的时候。村子对面的小河边，一群群羊走在泛红的夕阳下，如古时候正在前行的军队，很是壮观。

我看到一个少年远远地朝我走来。和我基本一般大，一身青衣，崭新的草帽在夕阳下泛着光点，手里提着水壶，步履匆忙。等走到近前，我才看清，他的脸并不像放羊长大的孩子那样被太阳晒得漆黑，秀气的面孔满是灿烂的笑容，洁白的牙齿异样地好看。他一脸羞涩地对我说：“塞俩目（阿拉伯语，全世界穆斯林通用问候语，意为祝福你平安），巴巴，我是小林，俺爹让我做饭来了。”啊，第一次有人给我这个放羊的野孩子说“塞俩目”，而且他明显比我大，叫我巴巴的时候满脸通红。

小林十五岁，皮肤细腻，性格腼腆，且心灵手巧，总是静静地看着你，一脸微笑。黑而长的眉毛和洁白如玉的牙齿使他如女孩子般秀气。令我羡慕的是他极爱干净，会做饭，总是勤奋地忙碌着，给我打扫屋子，烧足出滩带的热水，坐下来后还给我讲一些新鲜的故事。

从此我和小林成了形影不离的伙伴。每天下午，他总是扔下在河对面的沙漠里过夜的羊群，和我一起回家做饭，更多的时候一起睡在沙丘上给他的羊群守夜。

父母挂念我一个人在西泉村，就隔三差五地让姐姐赶十多里路来给我送点干粮，并顺便给我做一顿饭。姐姐总是喜欢带着她的一个朋友一起结伴而来。那女孩很漂亮。她们来的日子我就和小林一起去河对面他羊群爬场的地方守夜。

一个夏天的爽朗的夜晚，阿丹哥回吴忠了。我和小林并排躺在温热的沙丘上，身边的羊群淹没在茂盛的沙蒿丛中，安详的反刍声让夜晚美好的终生难忘。不知名的小虫藏在黑暗中鸣叫着，安静的波浪此起彼伏。天空是玫瑰色的，清澈的银河在天空中流淌。沙丘经过一天的酷热蓄足了温度，躺在其上熨帖而舒服。

小林问我："巴巴，和姑姑一起的女孩子好漂亮。"

"那是我未来的媳妇。"我自信满满地说。

于是，古老的辈分的禁忌打开了。小林开始给我讲他的少年故事。

他出生在吴忠地区临近黄河的一家集体农场里，从小在芦苇荡和稻田之间长大，他喜欢看黄河黏稠而沉重的水流浩浩荡荡自南向北缓缓流淌。傍晚的浪涛声总是给他安然的睡眠。黄河边的优质大米也就成了他的最爱。

他说，他成长的小区只有可数的几个孩子，最喜欢和他一起玩的是一个叫妞子的女孩。她的父母疼爱的叫她妞子，小区里的大人们也这样叫她，小林也跟着叫她妞子。后来他们一起上学总是两小无猜，形影不离，妞子的父母也把小林当自己的孩子。

小林说，他喜欢读书，喜欢和母亲在一起，也喜欢跟着母亲学做饭。可是他父亲很粗暴。他哥哥其实很喜欢读书，可是只读到五年级就被父亲强迫辍学了，后来在家里无所事事，是母亲动员爷爷出面送去清真寺念经了。小林很清楚，自己一旦失学，将失去和母亲在一起的日子，将被迫离开黄河，离开他从小长大的地方。

他总是以各种方式取悦父亲，期盼能持续读书，长大后能成为和父亲不一样的男人。

他的乖巧最终给自己造成了无法弥补的遗憾。

五年级毕业的那个假期，父亲费尽周折从农场里租到了五百只羊，赶着羊群进了山里。小林跟进山里给父亲做饭，竟然再也没能回到他从小长大的地方。

父亲带着他和羊群在黄河附近的大山里漂泊了两年。两年中，小林只有一次开斋节得到父亲的允许回家看望母亲。其时他才知道，妞子已经去吴忠读中学了，她父母为了照顾独生的女儿把家也搬去了吴忠。从此小林再也没能见到他心爱的姑娘。

去年秋天，他父亲伙同一起放羊的几个人抓了黄河滩上马群里的一匹马。那以后，他整天骑着马到处游荡，五百只大的羊群就扔给了小林。小林说，马群的主人是当地很有实力的一个家族，后来兄弟几个追到山里来要马，被他父亲和一起的放羊人揍了一顿。那件事以后，父亲不敢在黄河边待了。就带着小林和羊群慢慢地朝家乡的方向回迁。半年后来到了西泉村。他说，父亲已经准备在这里建羊场，这次回吴忠是买三轮车去了。

他有些激动地对我说："巴巴，等我爹完全把羊群交给我以后我更要好好干，要在我家羊群承包合同到期以前产出属于我的羊群。那时，我会回到村庄盖漂亮的房子，接母亲来，并且永远再不让父亲辛苦放羊。让我的弟弟永远别再走我这样辛苦的道路。"

我们彼此憧憬着，躺在玫瑰色天空下，在眨着眼睛的星空下沉入睡眠。

几个月后的一天，父亲赶着他心爱的枣红骡子，用骡车拉着母亲、姐姐和妹妹一起找到羊群。他告诉我，夏天已经结束了，他要和母亲去山里抓发菜了。要求我带着羊群过去，一家人一起度过秋天。

啊，时间好快。我和小林分手的日子竟然来得这样突然。

正是阳光如洗，水草美好的初秋的下午。我站在河边的沙丘上审视这片将要告别的大地。西泉村方圆只有几百公里，它的东面已经被开垦，种着稀疏的秋粮食，远远地望去一片薄薄的绿色。西边傍村依次流淌着三条小河，河水甘甜，水草丰美。脚下就是小河中间的沙漠地带。这里沙蒿丛茂密，苦豆子丛生，芨芨草把原野重重地覆盖。

初秋是苦豆子第二次开花的季节。米黄色的花朵开成一片奶白色的海洋，甜蜜的花香四野弥漫，蜜蜂和群鸟在热烈地歌唱。

这里生长着一种俗名百刺的软体植物。初生的时候藤条蔓伸，其本性吸收沙土，每当风沙过后，有百刺的地方会形成一个绿色的小堆，几天后就会长成一堆绿色的火焰。几年后就会形成一个一人多高的绿疙瘩。每到初秋，百刺的果实熟了。满布河滩的百刺疙瘩被黄豆一般大的紫色果实点燃，河两岸就成了紫色的宏大的花园。其果子味道甜美可食，羊和狐狸尤其爱吃。

我喜欢把羊群揽成簸箕口式，让羊群走成曲线，我走在前面，它们围着我吃草。下午来临，我在河边停步。羊们已经喝足了水，慢慢地漫向百刺河滩，一会儿就被紫色的果实淹没。调皮的山羊爬上百刺疙瘩，吃新鲜的果子，绵羊围成一圈。藏在丛中享受美味的狐狸会被撵走，迈着不甘的步子，跳着离去。

我坐在河边一座高高的沙丘上等小林。沙漠腹部，小林把他庞大的羊群摆成一条横线远远地漫过来。沙漠里茂密的苦豆子，逆着阳光，淡黄色的花海衬托着洁白的羊群，晃眼得有些不真实的感觉。我躺下身躯，身下是一条长长的沙谷，苦豆子密集，正被夕阳染成金色的河流。我看到小林瘦小的身躯在谷底的另一端出现，他一身青衣，提着水壶，草帽背在身后，悄没声息地朝我的方向走来。等他就要爬上沙丘了，我闭眼假寐。在十几步远的地方他急速冲向我，放声大喊“狼来啦”，我应声而起，两个人抱在一起大笑着滚下沙丘……

听到我就要离去了，他低头不语。

“巴巴，就剩我一个人，守夜时会害怕。”他低低地说。

“怕什么，咱们可是儿子娃娃，必须要顶天立地。”我一副大男人气势，扬起下巴看着他。他看着我，惊愕的脸上顿时就泛起了灿烂的微笑。

第二天早晨，他给我做焖白米饭和凉拌韭菜吃。那顿饭吃得沉默而忧伤。我想把最心爱的“红灯”牌收音机留给他，他坚决地说：“巴巴，你那么喜欢听单田芳的评书，没有了收音机，在山里的日子怎么熬啊。等我下次回吴忠了给你多找些书来，那时再把收音机送我也不迟。”

夏天已经完全结束了。秋天的日子慵懒而丰富。我在山里遇到了几个更有意思的伙伴，他们教我擒拿术，一起比赛爬山，教我怎样挑拨公羊打架。晚上总是一起挤在炕头上听单田芳讲《铁伞怪侠》《三侠剑》，等等，惬意的风流中，很快天气转凉了。

那一年，父亲为了盖房子不但花光了他所有的积蓄而且还欠了债。当冬天临近，羊群膘肥体壮的时候，羊群被父亲卖出了很大一部分填补债务。剩下的羊群已经瘦弱到没有必要在山里过冬了。

于是，开始准备回迁。

那是一个凉风习习的早晨，母亲带着姐姐妹妹已经回家了。父亲正在羊圈旁的土窑洞里给我做早饭。我在山坡上清数羊群，以做好回撤的准备。突然对面山头上出来一个人，大声地呼喊着父亲的名字。我赶紧跑回窑洞通知父亲。父亲放下手里炒菜的勺子跑到对面的沟崖边静听了一会儿又快速地回来了。他一边接着炒菜一边奇怪地嘟囔着，好像是村上完（去世）了好几个人。原来是母亲带来口信，让他赶紧回去送埋体（参加葬礼）。

那是个交通和通信都没有开发的时代。父亲饭都没顾上吃就骑上他的枣红骡子急急忙忙地走了。

两天后消息终于传开了。

小林夏天告诉我的事情是真实的。阿丹哥为了办羊场回吴忠买了一辆三轮车。那个时代，这是村子里唯一的、时髦的一辆车。阿丹哥很开心，就拉上他的几个连襟带着孩子们一起去一百多公里外的预旺镇看望岳父。一路上春风得意，欢声笑语。据说在路途中有一面很长的缓坡，对面就是平原。阿丹哥的新三轮一路上风驰电掣，他根本不知道坡底的路已经被上一场暴雨冲成了沟壑。等他超速的车飙到近前已经刹不住了。传说中的农用车事件发生了。

那是一个什么都落后的时代。等到第二天救援的人们赶来，他的一个连襟已经父子双亡，另一个连襟也是父亡子残。阿丹哥被送到医院昏迷了一周后抢救了过来，却永远地失去了理智。他正在念经的长子摔断了腿，智力受到了严重的刺激。只有车上的三个女人安然无恙。

那辆阿丹哥梦寐以求，引为自豪的三轮车报废了。他的家庭也遭遇了摧残。

当第一股寒风从北方吹来的时候，我赶起缩小了太多的羊群回到新家所在地水套村。这里曾经埋藏了太多家族的荣耀和父亲一代人的辛酸，这次定居以后，我苦难的家庭总算翻开了新的一页，游牧和苦难留在了记忆里，未来已经走在前来的路上了。

冬天绵长的睡眠后父亲总是催醒我，带着我去清真寺。阿丹哥的父亲是我的大姨夫，是位备受尊重的老阿訇，其时他正在清真寺女校教学。父亲带着我去看望他，并要求我每天早晨去姨夫那里学习半小时。

大姨夫是位慈祥而幽默的老人。他总是坐在女校那长长的炕头上，身前是一条很长的炕桌，炕桌上摆满了厚厚的阿拉伯语经典。冬日的朝阳泛着金黄色的，温暖的光。女校的学员们还没有来。大姨夫正襟危坐，用悠扬而迷人的调子诵读《古兰经》，我提来一铁桶炭烧旺炉子，坐在凳子上静静地聆听。时不时会有人悄悄地进来，把手里拿着的油香放在经桌上然后又悄悄地退出。等大姨夫读完一章经，他会掌起手来静静地祈祷很久。然后，让我坐在他对面，开始给我教阿拉伯字母。课后他会让我带上刚才来人舍散的油香离去。我拿上油香和大姨夫给我配备的教材，赶上羊群开始新一天甜美而多彩的生活。

那是一个春雪漫天的日子，父亲给我放了一天假。下午风雪停了，我去大姨夫那里回经（把学过的内容回讲给老师，在清真寺学校里叫回经）。女校的屋子里炉火旺盛，暖意融融。几个女孩在炉边安静地看经。从小在羊群长大的我第一次面对女孩，幼稚的我坐在炕沿上如坐针毡。突然，紧闭的房门被推开了，阿丹哥走了进来，他明显得胖了很多，满脸红光人高马大的他呵呵地傻笑着，身后跟着他的女人，挎着饭篮子。嫂子朗声给姨夫说“塞俩目”，然后走到炕桌边，把几本厚厚的经典整理好，揭开篮子给姨父摆好饭菜。等姨夫拿起筷子，她转过身开始收拾屋子。几个念经的女孩已经躲到外间的教室里去了。阿丹哥一直傻呵呵地笑着，他似乎是突然间发现我的，一把抓住我的手哈哈大笑。“啊，原来是你，你这个坏蛋，你就是拦着路不让女人从身边走过的家伙。”他一边说着胡话，眼睛里露出很亮的光。

嫂子几步过来狠狠给了他一巴掌。他一下子噤声了，反身抓住嫂子的手放声大哭。这时我才发现，正在吃饭的大姨夫不知什么时候已经泪流满面。

春天终于来了。

一天早晨，大姨夫不在学校，我偷闲去看小林。正是山羊产春羔的季节，走进小林借住的院子，地上挖满了一米长三十厘米宽八十厘米深的土坑，坑里放满了母子成对的山羊。小林正忙着给刚产下的小羊羔递奶，看到我来，他并没有停下活计，只是呵呵地笑着。“巴巴，一个星期产了一百二十只羊羔，太乱了，我给羊羔找不到妈妈了，只能在地上挖坑，第一时间把母子放在坑里，早晨大羊会自己跳上来撵羊群，晚上回家，羊妈妈会自己找到羊羔。虽然也有调皮的，可是这样有头绪，我每天注意每个坑里有羊后再观察看是否都给羊羔喂了奶就行了。偶然有几个缺奶的我还要给它们找奶，所以这几天我的早晨忙得都顾不上吃饭。”他一边不慌不忙地忙活着，一边傻傻地笑着。

小林长高了，头发很长，好长时间没有梳洗了吧，像一丛枯草随着他忙碌的节奏起伏着。我待了一个早晨，他一直忙碌着，出羊的时候到了，我要回家了，他却还没有忙完。

偶尔也会和小林在放羊的路上相遇。

夏天过后，他只剩下一百多只羊了。阿丹哥出事后消息很快就传到了他租羊群的农场。翻过年后厂领导终于撕毁了合同要追回羊群。没有了阿丹哥，小林只能挺身而出。他去找农场里那些父亲曾经的朋友和那些同情他家遭遇的人，找场领导哭诉。经过多方的奔波，他得到了一百只羊，回报他三年的辛苦。

跟农场关系的破裂让他没有了退路。

父亲的意外车祸使小林的所有外援基本都断了。父亲一生最交好的几个姨夫都亡故了。哥哥的精神遭受了巨大的创伤。他只能赶着剩下的羊群，在村里带放一些别人家的羊挣取微薄的收入来养家。

这样艰难挣扎的年份里，小林却四处借债，到处求助，开始建新家。

秋天，他终于把家建起来了。

匆忙的生计把他逼出了年轻放羊人活动的圈子。

今年的春天在细雨绵绵中来临。我已经十五周岁了。在这个被黄土掩埋的世界里，翠绿的春天是几十年不容易遇到一次的。旺盛的春草使放羊的日子惬意了起来。我已经开始被汉语的广阔和深奥所诱惑，放羊的那些寂寞又安静的日子里，第一次我的背包里有了书。

水套村东边的小山里有一座狭长而曲折的山谷。现在是我的乐园，在每一个早晨或下午，我把散开的羊群放进山谷。山谷的顶端有座古代的烽火台，坐在上面能俯瞰整个山谷和远处的村庄。我撑开伞躺在上面读书，羊群在下面流动。日子诗意融融。

有一天下午，我没有书可读了，就躲在山谷边的石崖下一个凉爽的大石头上睡觉。丰沃的春天山谷里百花齐放，晡时的阳光金灿灿的，刚抓过绒的山羊周身泛着雪白的光，嘎啦鸡夸张地叫着，蓝得诱人的天空令人浮想联翩。

我正痴迷。就听到山顶上烽火台那里传来悠扬的歌声。声音好熟悉，是小林，他什么时候学会了“花儿”。可能是看到了山谷里的羊群吧，歌声戛然而止，就听到他大声的呼喊。

爬上烽火台后我才看到，他的羊群正在远处平坦的地方散成洁白的花朵。

小林剃了新鲜的光头，身上的白衬衫显着破旧的苍白，裤子的膝盖部位破着洞，裤腿也被野草刷烂了，破旧的军用胶鞋都快要脱帮了。他热情地对我笑着，露出洁白的牙齿，依然洁白而文静的脸庞显得清瘦而疲倦。我把包袱里仅有的干粮拿出来让他吃，他狼吞虎咽，喉结急促地滑动着。两年前若女孩般的恬静荡然无存。

吃完干粮，他对山谷里的羊群看了一眼，笑眯眯地问我："巴巴那个美丽的女孩现在和你怎么样了。"

我有些惊讶，他为什么还想着这件事情。随便自豪地告诉他："我已经爱上了一个更美丽的韦州女孩。是冬天哑巴叔叔结婚的日子里遇到的。"

"你还听书吗？"他看着我的背包转换了话题。

"很少听了。"我摘下背包把我唯一珍贵的物品递给他。就给他讲起了我的观点。"到处都在传说家乡要开发了，公路要通向外面的世界，黄河水也要被引来了。眼前美丽的山谷，安静的放羊的日子可能都要结束了。我要读书。若真的不能放羊了，就卖了羊群，娶回我心爱的韦州姑娘，然后开创一番崭新的事业。"

我俩靠肩坐着，远处山下的水套村静卧在水源丰富的凹地里，金黄的阳光下，村庄如少女一样美丽迷人。我发表着宏论，憧憬着如梦的未来，滔滔不绝。

小林抱着收音机，眼睛看着远处的村庄和他的羊群静静地听着。听我不说了，才低声说："巴巴我羡慕你，但是我要挣钱。不管家乡是不是要开发我都必须要挣钱。我要给父亲看病，一定要把他医治好。你不知道，我每天放羊回到家都发现他在等我吃饭。母亲说，他就是不吃饭，一直坐在窗前发呆，谁拉他就打谁，直到我回到家里。每天早晨我出羊的时候，他总是站在院子里呆呆地看着我，我把羊群都赶上山头了，回头看到他还是站在院子里对我远望。母亲说，他每时每刻都不离开她，若她有事情偷偷出去了，等回到家就会看到他一个人坐在屋檐下默默地哭。

"他出事以前的一个晚上和我在羊群里睡觉。漫天的星星下，他曾对我敞开心扉。他要把计划中建设的羊场完成后交给我。他要把弟弟培养成大学生，让他做自己喜欢的事情。只可惜他出事了。但他是个好父亲，我进入羊群的这几年他很爱妈妈，再也没有和她吵过架。几天前，我被一件事情给难住了，他竟然明白了，抓住我的手，放声痛哭。

“我一定要挣钱，治好父亲。有多大的苦我都不怕。”

他一脸严峻，完全是一个男子汉了。

太阳在我俩激情的交谈中徐徐落下了西山。远处的村庄已经被安静的红光悄悄笼罩。小林的羊群离开平坦处向村庄的方向走了。他抱起我的收音机急匆匆地走了，夕阳下他的身影越来越小，慢慢地消失在下午宏大的视野里。

等我走下烽火台远处已经传来了悠扬的宣礼声（穆斯林在日落后礼拜，乡村里用扩音器播放呼唤礼拜的诵经声），宣礼声带来了一天的结束，我追上羊群走向暮色中的村庄。

谁能想到烽火台一别，竟成了永别。听到小林被淹毙的消息后整个下午我被无边的痛苦淹没。

山脚下金色的百花谷，安详的下午，姹紫嫣红的绿草地，洁白的羊群，米黄色的遍地野花，纷飞其上的蜜蜂和蝴蝶。这个美好的世界里竟然没有了他！

我看到送葬的车队从村子的另一边，带着尘土飞扬起的尾巴向罗山脚下的墓地匆匆远去。

一天结束了，一周结束了，一个月后的一个周五的清晨，我被父亲很早地叫了起来。揉着昨夜熬夜读书还在酸涩的眼睛，父亲告诉我，小林已经去世一个月了，大姨夫要过“尔麦里”（词的本义是善行。中国穆斯林的习惯是做好吃的，然后请附近清真寺里一起礼拜的人来聚餐，以示隆重）纪念孙子。让我跟他去礼拜，然后一起去。

从清真寺里出来时太阳已经出来了。橘红色的朝阳让陈旧的村庄一身新装。村子中间有条水渠，洁净甘甜的泉水流淌着。和父亲并肩走在村中，我突然感觉自己长大了。村边一大一小两个涝坝清澈地汪在那里，新鲜的朝阳下如两片幽暗的镜面，半个村庄掩映其上，越发显出村庄里早晨的安静与美好。

大姨夫的家坐落在涝坝边的台地上。此时，刚从清真寺里请来的人们走在院子里，大姨夫站在大门口迎接，他远远地迎接父亲，并要求我快些进院子里帮忙。

屋子里已经坐了几桌子人，安静异常。帮忙摆好席面后，我一个人悄悄来到涝坝边，却发现阿丹哥夫妻俩也站在涝坝边的朝阳里，静静地望着这如镜的墨蓝。

阿丹哥看到我来了，几步跨过来，啊啊地喊着。不知道什么时候他已经失去了语言！他一把抓住我的手，着急地给我指涝坝，指村庄，指天空，指脚下的大地，然后放声痛哭。我似乎又看到了曾经的西泉村沙漠那个骑着枣红马恣意驰骋的男人，那个坐在我的土炕上呵呵傻笑的男人，那个让我感到煞气的男人。如今他痛苦的灵魂囚禁在病态的身体里，无奈地吞咽着人生的苦涩。

他是否要告诉我其实他明白一切。

看到阿丹哥失控，嫂子几步过来把他抱住了，用手拍着他的背，他如同孩子慢慢安静了下来。

嫂子瘦得太厉害了。

我强忍着泪水回过头，却发现大姨夫站在大门口望着我们。近四十年的阿訇生涯中，他披风沥雨，荣辱不惊。是不是对一切都能够置身事外了呢？

此时，我看到他站在朝阳里一身辉煌。

2016 年 11 月 13 日

漂泊的血脉

农历六月，正是收割燕麦的日子。酷日炎炎下劳动了一天，身心俱疲。晚礼拜后，躺在被窝里看书，父亲的电话就来了。“接到你表哥的电话，舅舅刚刚口唤了……”

父亲嘱咐我明天必须陪着母亲去送葬。

一

小时候，母亲喜欢给我们讲她童年的故事。

我们一家住在东山一个汉民村子里，那里属于甘肃华池，外爷爷曾经是国民党军官，1949 年后避难来到了这里。爷爷的大夫人去世后，留下三个幼小的孩子，他把两个女孩送给了别人，身边只留下儿子。娶了奶奶后又先后生了八个孩子，最大的是男孩，出生就夭折了。第二个男孩已经长到七岁，在那艰难的岁月里也眼睁睁地饿死了。剩下六个女儿和因为儿子的夭折疼痛得几乎疯癫了的奶奶跟着他。社会的变革和生活的颠沛与无奈中，爷爷受尽磨难与打击，对生活失去了信心，整天和别人打麻将厮混。颓废度日，从不管家。看到继母和妹妹们挣扎在被活活饿死的边缘上，只有十二岁的舅舅悄悄偷队里的粮食救济她们。他总是躲着人群，昼伏夜出，每每得手。久而久之，就被发现了。在那个时代，这是不可饶恕的罪行。

一次，奶奶在生产队里参加劳动时，无意中听到了正准备抓捕舅舅的消息，她趁劳动的间隙偷偷跑回家给儿子准备干粮催其逃生。穿上后娘熬夜赶做的新鞋后，舅舅趁夜亡命天涯。

从此，妹妹们的生活里再也没有了为了她们能活命而昼伏夜出，受尽白眼的哥哥了。妈妈对我说："记忆里，哥哥永远穿着奶奶的大襟子衣裳，穿着没有后跟的鞋子，整天睡在窑洞深处，时刻保护着她们，从没有打骂过她们甚至在那样艰难的岁月里都没有和妹妹们争过饭吃。"

舅舅似乎是突然去世的，我搜尽记忆，关于舅舅的片段却少得可怜。而明天的送葬如一个记号，过早地终结了我对这股血脉的感觉。

二

早晨，天刚亮，我就迫不及待地和弟弟联系，准备陪母亲去送埋体。弟弟说，他已经和舅舅的儿子通过电话，殡礼的时间定在晌礼结束。九点钟他租车过来，一起陪母亲走吴忠。

不劳动的日子里更能感觉疲惫。我躺下沉重的身躯，昏昏欲睡。母亲的电话却来了，她说韦州的姨妈们已经带着儿女来了，快要到我家门口了，让我快些和她去迎接。

走出家门，远远地，就看到母亲一个人站在早晨清冷的柏油路边。她一身长衫，黛色的头巾，正聚精会神地面向东方，韦州车来的方向张望。初升的朝阳使大地鲜艳如洗。朝阳中年老的母亲尤其显得孤单而落寞。

那是 1992 年的岁末。我刚满十一岁，已经辍学进入羊群半年了。秋收后，一家人赶着羊群来到山里的冬牧场准备过冬。就收到了二姨夫家姨表兄结婚的邀请。父亲把羊群托付给邻居，带着全家来到韦州。

记忆中，可能是我已经参加劳动的缘故吧，父亲对我出奇地好。他破天荒给我买了新衣服，给了零花钱，让我自由自在地和姨表兄弟们玩耍。他绝无仅有地放弃了对我一向严厉的管辖。我就整天和几个年龄相仿的姨表兄弟们混在了一起。

有一天傍晚，我们在外面疯玩够了走回家。远远地就看到母亲姐妹们站在二姨妈的家门口，焦急地等待着什么。等走近才知道，原来她们得到确切的消息——吴忠的舅舅要来了！母亲姐妹们热切地讨论着各自对已经十几年没有见面的哥哥的思念。姨妈们怀着急切的心情一直等到了日落西山。就在大家快要失望的时候，黄昏中，对面街角的巷道口走来了一个高大而疲惫的身影。来人步履稳健，一身青衣。记忆深刻的是，他有些像蒙古人，大而长、黄亮清秀的脸，细、似乎带着微笑、一双不怒而威的眼睛，神采奕奕。眉毛似乎有些女人气，细，黑，而且长。这个帅气得已经进入中年的男人原来就是我的舅舅。跟妈妈告诉我的，穿着继母的大襟衣服，趿拉着没有后跟的鞋子，整天到处偷粮食的舅舅差距真的太大了。

那个晚上，姨妈们大哭出声，我看到舅舅一个个安慰着她们。舅舅在外奶奶身边像个孩子毕恭毕敬。那个晚上我才知道，原来我的舅舅是一个魅力四射的男人。

……

几天后的一个晚上。大姨表兄的婚礼已经临近，二姨夫的家里喜气洋洋。上房很大，炕也很宽敞。姨妈搬来炕桌，摆上各种各样诱人的干果，舅舅和姨夫们坐在炕上围成一圈，品尝刚出油锅的家乡美食馃子。馃子是回族中只有韦州才有的独特美食。而且只有年轻人结婚才做，象征吉祥如意。按家乡的习俗，馃子出锅后必须先请长辈品尝才吉庆。舅舅赫然坐在上位，就要结婚的姨表哥端来一盘黄灿灿的馃子。长辈们边吃边聊，盖碗茶正香，场面其乐融融。

原本是大姨表兄给长辈们添茶的。地下的八仙桌子也摆满了美食，我们姨表兄弟们坐了一圈。谁也没有发现大姨表哥什么时候出去了。

炕上长辈们的盖碗茶浅了，二姨夫看长子不在，就喊三儿子添茶。这个二货竟然装作没有听见。二姨夫喊了几次，都没有回应。他是火暴脾气，当场就教训开了儿子。

兴高采烈的兄弟们一下子没有了声音。

二姨夫大声质问儿子："为什么不倒茶？""让你的偏心子倒吧，我算什么东西。"儿子面不改色地回复。

二姨夫气疯了。他跳下炕头，随手就抓起了笤帚疙瘩，抡开就打。

大姨夫是一辈子教书育人的老实人，这样的场面让他目瞪口呆。三姨夫静坐如山，面不改色。我父亲和六姨夫跳下炕，拉开了开打的父子。我父亲往门外推儿子，这个十四岁的大顽童竟然岿然不动，怒视着二姨夫。二姨夫涨红着脸质问儿子："我怎么偏心了！"

"你一样的儿子两样地对待，为什么给二哥买新衣服，我却没有？你看，五姨夫给尤苏夫都买了新衣服，我为什么没有？"他一把把我拽到他父亲跟前。

二姨夫一下子僵在了当地。

"老海，给我坐下！"一直被我们忽略的舅舅发话了。二姨夫瞪了儿子一眼，回头看了看坐在桌子后面的舅舅，沮丧地坐在了炕沿上。耷拉着脑袋。舅舅对闹事的表哥看了一眼，不紧不慢地说："是你爹的不对，这件事情就交给我吧，明天你穿新衣服就行了。"

听到舅舅的许诺后，大顽童开门就溜了。

……

三

我轻轻走到母亲身边，给她说塞俩目。她转过身子，一脸的迷茫与委屈。眼睛里满含依赖，轻轻地回答了我的塞俩目，又转过脸，继续对路途戚戚地远望。

母亲老了，她对我们的依赖越来越明显了！这样想着心里不由得一阵心酸。

……

三辆车子徐徐地站在了路对面。已近中年的姨表兄走下车来。大姨夫把头伸出车窗跟我打招呼，我几步赶过去说塞俩目。只几句寒暄，母亲已经上了前面的车。

只能扔下弟弟陪母亲先走了。

听母亲讲，她和父亲定亲后，父亲去华池看他们。看到整个村子就一家回民后很是纠结。就向爷爷提出要把他们迁到我的故乡的请求，年老的爷爷同意了。

父亲用三年的奔波费尽周折后完成了心愿。那时，舅舅听到消息后就来正在新建的西泉村看望爷爷。那时的舅舅只有三十多岁，身材高大，性格敦厚。母亲有些欣慰地说："令我们姐妹开心的是他很有煞气，你们的那些姨夫都怕他。因为外爷爷的搬家，我们这一家人仅有的一次团聚实现了。

"那时，西泉村刚开始建设，村庄外依次有三条甜水小河，植被非常茂盛，草原很广，家家都有羊群。站在这里，看南方的罗山都是蓝色的。可是，这里进不来车，你们的舅舅是扛着一袋大米来的。那时，我们都还没吃过大米呢。"

诉说那段远去的记忆，母亲总是陶醉其中。

……

再一次见到舅舅是外奶奶在韦州去世。

时间已经是 2012 年了。

细算一下，他们兄妹已经很多年没见面了。

奶奶是在韦州二姨夫家去世的。

一个远在他乡的姨母后来对我说："我赶到韦州已经是下午了，满院子的亲人拥挤着欢迎我。我匆匆地挤过人群，想去看我日思夜想的妈妈，却发现房门口的椅子上坐着一对老人，大家都给我介绍，那是从吴忠赶来送奶奶的哥哥和嫂子。他还是那样魁梧，只是面孔已经苍老得看不到曾经的英俊了，仔细端详，依稀是过去的模样，只是，老年的哥哥，眉毛长了太多，似乎有股仙气藏在他的身体里。我不敢靠近，呆呆地望着他，用艰涩的语言跟他说塞俩目，他含糊地回答着塞俩目。定定地，呆呆地看着我。他艰难地站起身，一把把我搂在怀里，竟然泣不成声。”

母亲后来给我们讲，当年舅舅趁夜跑出村子后，在附近的村子里流窜，到粮食地里偷吃，随便找地方睡觉。就这样慢慢打问着路途，向东北走，一直到两年后才找到灵武的何家巷道，他的舅舅的门上。其实他的舅舅们得到了他躲难逃跑的消息后，一直在悄悄地找他。他能够突然找到这里，令他们大喜过望。

当时，他已经快十五岁了。

这里是吴忠平原，黄河从这里流过，土地肥沃，盛产大米，劳动人员紧缺。舅舅又吃苦耐劳，性格憨厚，很容易就被这个村子里的人们接纳了。从此他成了这个村子里的硬劳力，五年流水落花。看他长大了，舅舅出面把他入赘给了这里的何家做上门女婿。

婚后不久，吴忠河西乡下开发，到处接收流民，舅舅带着妻子来到这里安家。舅母家传有编织草席的手艺，从此他们以种田和编织在吴忠河西这个叫陈袁滩的地方安下了家，并生有两个儿子、一个女儿，这些年下来，早已经是儿孙成群了。

母亲曾跟我说过，当年，舅舅接到爷爷病重的消息后很着急。像第一次一样，背上一袋大米就出发了。第二天晚上他来到住在孙家滩的妹妹家过夜，这里离西泉村只有十五里路了，因为不通车，只能步行，背着大米的舅舅，想休息一夜，第二天就能早点看到病中的父亲。

第二天早晨，舅舅起来后，发现妹妹没有给他做饭。在他的催问下妹妹告诉他家里断炊了，他忍着眼泪把给父亲背来的大米给妹妹一家倒下了一半。背起剩下的米，起身去了西泉村。

他终于在父亲咽气前赶来了，见到了父亲生前的最后一面。

埋葬了父亲后，他想陪继母几天再回家。一次和继母聊天中舅舅不小心说漏了嘴，说出了妹妹一家日子的艰难和把带来的米分开的事。令他没有想到的是，此时处在伤痛中的继母竟一时失控借此大发脾气，他只能悄悄地离开了。

从此，舅舅再也没有走进西泉村那个家！

……

四

等车过了黄河渡口，已经中午了。

走在吴忠乡下厚重的植被中，恍若隔世。心里生出一丝羡慕，舅舅一生就生活在这样丰饶的地方吗?

其实，舅舅为了能够再回韦州做了很大的努力。大姨妈是奶奶第一次婚姻后带在身边的孩子。后来舅舅让自己的长子娶了大姨妈的长女，盼望结亲能创造回溯的机会，但没有成功。后来他们家传的编织的手艺没落了，舅舅又要求儿子们到韦州谋出路，也没能够让舅舅了却心愿。

车子在一条硬化路边停了下来。近旁是一个掩映在绿色植被下的村子。

我们被引入了一条拥挤的小巷，依然是头顶尘土飞扬，脚下步履黏稠的土巷，两边的房子是久违了的土坯平房，狭小而落后，走在这样的村子里恍若隔世，似乎外面世界的翻天覆地和这里毫无关系。

小巷不远处就是舅舅的家了。身材高大的表哥远远地迎了出来。

舅舅家的院子狭小的不成比例。表哥把我们领进上房。站在这样陈旧的房子里，一段记忆跳出了脑海。

那是 2006 年吧。我已经从父亲的院子里搬出居住。那年秋天舅舅来给爷爷走坟了。

我把舅舅请到家里，并请来父母陪他吃饭。妻子做了我最爱吃的爆炒鸡给舅舅吃。他吃得很香。舅舅已经明显地老了，戴着洁白的帽子，一身青衣，面容清秀，只是语言少到沉默。他已经留了胡须，一副穆斯林老人特有的容颜。他告诉我们，他正在一处清真寺里做服务的工作。生活得很好，要我们不要挂念他。

那次短暂而欢乐的相聚后，是父亲用三轮车送舅舅去孙家滩的，临行前，他一再地夸我光阴办得好，住家宽敞，一再地祝福我们。

今天到了舅舅的家里，那年的记忆竟然如此地清晰。

逝世的舅舅头北脚南停放在上房的地中央。

姨妈们依次瞻仰舅舅的遗容，向两个侄子问候后，就悄悄地出了上房。等我们兄弟们从房子出来，她们已经哭成了一团。一个堂舅舅走过来，安慰着她们，教门要求忍耐，是不允许女人大声哭丧的。

走出院子，顺着巷子深入几步就到了另一个表兄的家里，又是一个破败狭小的院子，古老的土坯房满身青苔，越显出老屋所经历的时间沧桑。

是二姨妈的长子海明哥哥迎接了我们，老迈多病的二姨妈老两口带着孩子们提前来了。姨妈们被让进了屋子。房屋狭小，没地方去，我们兄弟们只能在院子里盘旋。

我和海明哥哥干脆来到了大路上，坐在车里休息。

海明哥哥对我说："舅舅这里我是第三次来了，第一次是舅舅要盖房子了，我来帮忙，算下来已经二十多年了吧，那时我还是个小伙子。第二次是舅舅家要娶大姨妈家女儿的时候，你看姐姐的孙子都几个了。唉，时间啊，在生活的奔波中，真的太快了。"

海明哥哥告诉我，这里是陈袁滩五队，整个村子里只有三户回民。其中一户，因为和汉民通婚严重，已经完全成了汉民。另一户，也是安拉的定然，近五年全家基本全部去世了。就剩舅舅一个家庭还有回民的样子。

"早晨，我们来到这里，看到舅舅的儿孙们在埋体边跪倒了一圈。同来的塞尔德舅舅骂了他们，怎么能给人下跪呢？更令人痛心的是，舅舅是昨天沙木时间咽气的，到现在都还没有濯水。这里的规矩是一切都由地方上的阿訇说了算。表哥说，他打电话催过，阿訇说他只能十一点后来。你说这叫什么事情，按说，人咽气后的两个小时后就必须清洗干净，因为那段时间的尸体是软和的。等过了一夜，尸体已经僵硬，夏天气温又热。我刚才在房子里看到，尸体已经有膨胀的迹象了，鼻孔都已经有液体流出了。唉！”

……

五

一会儿，寺里的阿訇来了。

他首先带领男人们一起捧起手为这个家庭祈祷。然后，匆忙地走进屋子关上门，只一小会儿，就有悠扬的诵经声如温馨的炊烟袅袅地传了出来。

半个小时后，堂屋的门开了。阿訇走了出来，大声宣布，送埋体的时间定在了晌礼拜后，只有半个小时了，请晚辈们不要去寺里了，在家礼拜。阿訇指了一下站在身边的，另一个穿长衫的中年男人说：“这是本家的女婿张阿訇，我已经把这里的事情都安顿给他了。你们就听他的安排吧。”阿訇高声说了塞俩目，扬长而去。

礼拜结束了，舅舅的女婿带我们走进上房，埋体已经按伊斯兰教的要求穿好了尸衣。躺在地上的舅舅一身白布，显得比活着时的身躯小了许多。他轻轻地走过去，解开头部的白布，大声宣布，没有看的人快点来看，就要起身，时间紧张。我们排队一一瞻仰过舅舅最后的遗容。

他并没有马上把尸体裹好，而是不时地对门外张望，似乎期待着什么？

又是一刻钟过去了……

表姐来了。由两个姑娘搀扶着，她看了父亲的遗容一眼就哭倒在地。表姐人高马大，很有气度。能看得出，舅舅家的后代们都很优秀。舅舅家的女婿给两个姑娘一个暗示的眼神，然后迅速地把尸体包裹好了。宣布起埋体。

我们兄弟们抬着埋体，快速地走出上房，穿过院子，来到大路上。清真寺离这里只有一华里远。穆斯林的传统是抬埋体必须要快速前行。

走在这片热土上，我身心疲惫。啊，舅舅一生流汗的土地，这里承载了他太多的喜怒哀乐。当生命的最后一页翻过，那些苦涩的脚印是否还可以再次被追寻。

埋体放在了清真寺的走廊里，做完礼拜的人们开始排队瞻仰。我跑上清真寺二楼接电话。站在高处远眺，面前就是稻田，绿油油的，从脚下蔓延向远方。天空蓝得醉人，无边无际的原野令人不经意间生出寂寞。

就是这里生产的大米曾经被舅舅扛着走一百多公里，去看他日夜牵挂的父亲吗！

送葬的车队向南走了几十公里才到牛首山墓地。一路上，同车的姨妈一直在哭泣，她怀着内疚的心情不停地絮叨："坟地这么远，以后谁来给你走坟啊，离乡的人啊。"她的哭泣，令人无限伤感。

送完舅舅，我找了块高地，想拍几张照片留念。站在高处瞭望远方，低处的吴忠，如一个深居闺房中的大家闺秀，深深埋藏在厚重的树木中，让你无法窥探真容。这里真肥沃啊，山脚下的黄河也藏在绿树中，匆匆北流，默默滋润着这一方水土。

其实，我也看到了那一条漂泊的血脉，在茫茫前定中流到这里，时间润物，已经花开结果。

2016 年 7 月 15 日—20 日

《民族文汇》2017 年第 7 期

那片蜜色的芬芳

等走出高老庄已经是下午了。

前方，盆地里一眼绿油油的麦田，伴着远处的沙丘，视野如画，大地辽阔得没有边际。远处的村庄静在前方，脚下的老土路如一条黄线，曲曲折折地连接着远方的家。

试了几下负重的农用车，发现离合与刹车都有问题，只能放慢速度了，尽量让心安静下来，家还在远方。只是每次路过前方那片沙枣林，那段揪心的往事都会浮现，远方的家，承载了太多的期盼。

认识小苏是在内蒙古的毛乌苏沙漠里。那是个寒冷的冬天，生计无奈，我跟着朋友们加入了打工的浑流。经历是奇特的，内蒙古乌审旗北部的沙漠深处到处是茂密的天然毛柳林，此种植物每两年必须收割一次，才能持续生长，不然就会锈死。因地制宜，国家在这里修建了一座能源电厂，专门消耗这些每两年就收割成山的毛柳。我们就不约而同地来割毛柳了。

农历十一月份进入沙漠，经过一天的车程，刚到达领地我就后悔不已。这里除了一望无际的密植毛柳的丘陵，其他什么都没有。而且，零下十几度竟然要在帐篷里煎熬，据吸烟的朋友说，想买烟必须步行二十五公里才有可能找到人家。

冬天的毛乌苏给人一种原始的、粗野的、无奈的独特体验。这里柴火丰富，只要勤苦，其实又是自由而快乐的天地。

活计更是不可思议地好玩。

每三个人一组，一台挎式切割机。工作流程是，一个人切割，一个人把割下来的毛柳条放成整齐的垛，最后一个人专门放火给同伴们取暖，间或收拾切割机的小毛病，若机器不出问题，干脆围好棉大衣烤着火睡一整天。三个人轮换着，虽然环境恶劣，却因活计轻松，同去的几帮人竟然都坚持了下来。我正好和两个小弟弟一组，他俩包揽了切割，我就成了放火专业户。每天拿一本书出滩，穿好厚厚的羊皮袄在火堆边读书。

人群分散着，干活儿的时候很难照面。

每天上午，火正旺，我正在读书，沙丘的那边的毛柳林里总会传来悠扬的歌声。

亘古荒凉的沙漠里，歌声格外地清脆，磁性十足的男中音每天在耳边飘扬，若流水，在枯燥的原野上缓缓地流淌。我躺在火堆旁，悠扬的歌声抚慰着寂寞的心情。暖烘烘的柴火送来诱人的慵懒，宏大的寂静中睡一个惬意的中午。

整整四十五天，男中音成了寂寞日子里不可或缺的内容，每天上午，我烤着火堆看书，两个弟弟的切割机已经走远，那曲歌声就会按时传来。他是什么人，怎么会唱这么多歌曲，怎么每天都把唱歌当成必需，为什么会如此地感伤。

四十五天，隔着沙丘，我没能看到他的身影，却总是在他的歌声中度日。从那以后，郑源那些忧伤的情歌被我记住，慢慢喜欢，成了最爱。

同组的弟弟总是开玩笑说，毛乌苏沙漠里有两个怪人，一个只知道看书，不闻天下事，一个边割柴边唱歌，一心想老婆。

时间久了我才知道唱歌的小伙子是从韦州来打工的小苏。只是驻地不在一起，还没有机会和这个活泼的歌手一见。

年末很快来临了。

每到傍晚，远方陷在黑暗中的乌审旗会升起燃烧的火焰。年近了，割柴的日子也快结束了。

一天下午，我正在火堆旁修切割机，北风寒冷无法展开手脚，两个弟弟给火堆加足了柴火。这时对面的沙丘上一个高个子年轻人扛着切割机匆匆向我们的火堆旁走来。

肯定是机子也出了问题，自己处理不了，来找我帮忙了吧。

身边的弟弟开玩笑说，今天情圣和书痴终于走到了一起。我才知道，前来修理切割机的青年就是一直没有谋面的歌手。

他身材高挑，合体的棉大衣显出标准的气质男。有些害羞，安静地坐在火堆对面，直直的眼神，盯着我给他修理切割机。

两个弟弟扛着修好的机子走了，火堆边我和小苏有意无意地聊着。他是那种朴实的大男孩，看到我拿着书，敬佩之情流露在脸上，话匣子也就打开了。他不喜欢自己小组的两个同伴。他抱怨说，这段时间太孤独了。

随后的一周，他每天都爬过沙丘来和我烤火聊天。打工就是这样无奈，活计要结束了，工资出了问题，就只能在无所事事和有家难回之间煎熬了。

一周的接触我才知道，小苏出生在阿訇世家，父亲是名阿訇，带着母亲二十多年如一日辗转在西北各地清真寺开学授徒。

小苏告诉我，他从小就和父亲离多聚少，学没有上好，很早就辍学回家了。父亲把他带在身边教他念经，可是他吃不下念经的苦，又逆反父亲严格的教学方式，就常常逃学。父母拿他没办法，迁就他到十八岁就从家乡给他说了媳妇，父亲没有要求过他什么，只是要求他诚实做人，做个本分的人。

虽然接触不多，我依然感觉到他的性格里似乎缺少什么，只是他做事勤奋，也不厌恶劳动，又善于掩饰自己。话很少，又敏感，所以一时很难走进他的内心世界。

他喜欢和我聊音乐和书，时间虽短，相处得却很融洽。就留了电话，彼此保留着若即若离的联系。

离开毛乌苏后我不时会想起他，那个高挑的身材，磁性十足的男中音，风度翩翩的气质男。

翻过年的夏天，我闲在了家里。没事做，就喜欢陪着妻子去韦州玩。

一次翻看手机的时候，看到了小苏的号码就拨了过去，接到我的电话很明显他很高兴，他热情地约我去家里坐坐。

韦州虽然是一座名不见经传的小城，但这里生活节奏缓慢，文化底蕴深厚，回族特色浓烈，居家环境也很讲究。

小苏住在一栋宽敞的大瓦房里，院子里配有一个几亩大的果园，房子是新建的，紫色的琉璃瓦在阳光下泛着耀眼的光点。

他宽敞的客厅里很是凉爽。刚坐下来，他就热情地呼唤妻子给我倒茶。

他的妻子是一个典型的回族美女，中等身材，一身红色的罩衫，淡蓝色的纱巾。不知道为什么，端茶时一脸的愁容，却掩盖不住她天生的丽质。看到妻子的脸色，小苏窘迫得满脸通红。

没容我端起茶盅，他就强烈邀请我和他去溜摩托车。

坐在他的摩托车后座上，我胆战心惊。大路上人流稀疏，车流缓慢，小苏的摩托车却如脱缰的烈马，在马路上高速地摇摆着奔跑，我双手抓紧车架，还没有南出韦州，已经是一身冷汗。

刹住摩托车后，他心不在焉地坐在了路边不远处的土堆上。我对他飙摩托车很是生气，就扔下他一个人去沙枣林间独自徜徉。

正是七月，沙枣树开花的季节。一排排淡灰色的沙枣树被米黄色的花蕾装扮一新，芳香的微风吹拂着，成群的蜜蜂飞舞着，树枝间的麻雀歌唱着。闻着花香，走在沙枣树下，徐徐的凉风使刚才受到惊吓的心情慢慢放松了下来。

我回过头，小苏依然坐在路边的土堆上，距离使他显得弱小而孤单。韦州南滩是著名的沃野，这里是油葵的主产区，正赶上油葵开花的季节，黄灿灿的花盘把原野摆成一望无际的金色原野。

下午的阳光干净得如一面镜子。平原展开在脚下，透过无边的黄西望，远方的罗山只剩一个小小的绿色尖顶。透过花海，小苏坐在沙枣林北头的土堆上，他单薄的身影竟是如此的微不足道。

啊，这无边的花海！这么多清闲的日子，我竟然没有想到来这里转转。透过黄色的海洋北望，不远处的韦州小城只露出一些薄薄的房顶，只有康济寺塔和清真寺的尖顶裸露在夕阳里，我悔恨自己不是画家，无法留下这如梦的美色。

小苏依然坐在那个土堆上，根本就没有挪一下身子，只是呆呆地望着大地上蔓延的葵花地，似乎早已经神飞向另一个世界。不知道他沉到了哪里。

直到我走回停车的地方，太阳已经落到了西山顶上，头顶的乌鸦在寂寞地叫着，镇子里传来的此起彼伏的呼唤礼拜的诵经声也已经静了下来。他依然坐在那里，呆呆地，偶尔朝我的方向回过头，呆滞地，似乎有无依无靠的情愫把他包围。

他到底怎么了，这个我并没有深交的兄弟，接我电话的那一刻他是快乐的，见面之后怎么没有看到他有一丝笑容。他坐在那里一言不发，完全沉浸在思考的世界里，到底发生了什么！

走到近前我才发现，原来他早已经泪流满面。

“老王哥，你生活得多自由啊。我每天下午都来这里，待在家里心空得受不了，我感到这里有一个巨大的洞在吸引我，也不知道为什么，只有来这里才能让我的心宁静下来。”

我听得目瞪口呆！

“老王哥，你忘记毛乌苏沙漠了吗？我家条件你也看到了，其实我根本没必要去受那份苦累，我的心里苦死了，就想说给你听。我不知道自己该怎么办。”

我赶紧坐下来，从他的眼睛深处，我竟然看到了深藏着绝望。

一个长长的、苦涩的故事开始在蜜色的芬芳中流淌。

小苏的父亲出生在阿訇之家，从小在清真寺学堂里长大，因学习优秀，很早就当了职业阿訇。在二十多年清贫的阿訇生涯中，一直有一个朋友在支撑他，朋友源源不断的财力支撑使他二十几年如一日地坚守了下来。

那位朋友是一位成功的面粉商人，对念经人很敬重。多年的彼此来往，两个人建立了深厚的友谊。

苏阿訇每到一地开学，就广收门徒。他本人两袖清风，除了父辈传下来的院子，只有二十多年自己积累下的一千多册经书。每到一地开学，学期多则十年八年，少则三年五载，他走到哪里就把庞大的经书带到哪里。开学授徒遇到困难总是第一个向面粉商人朋友求助。他的朋友也总是鼎力相助，而且每年三五万不等的，十几年如一日地赞助着他的经学事业。

互相的尊重与爱惜，最终两个人结成了儿女亲家。

变故发生在小苏去毛乌苏打工的那个冬天。

苏阿訇在离家乡一百多公里的小镇子上开学，亲家去看望他，离别的时候把一箱货物寄存了下来，然后急匆匆走了。

第二天，警察就登门了。

苏阿訇半生以劝人为善为己任，以读经授徒为使命，突兀地，当着他一群弟子的面遭遇警察搜家，他受不了了。他据理力争，无法接受警察的要求。就在争论得面红耳赤的时候，亲家寄存的箱子被搜了出来，并当着围观群众的面打开了。

清真寺是穆斯林群众的活动场所，一有风吹草动，就会引起格外关注，所以警察的到来，引来了大批群众。

众目睽睽之下，打开的箱子如一张血盆大口，差点儿要了苏阿訇的老命。箱子里面装着衣物，下面竟然掩藏着数量不少、价值不菲的毒品。

从警察局接受问询回来的苏阿訇颜面尽失，无颜面对他乡父老乡亲的爱戴，第二天就带着弟子和他的宝贝经书回了家乡。

他并没有回家，而是在镇子里租了一处隐秘的院子把弟子和他的宝贝经书安顿了下来，他没脸面对家乡父老。让他接近崩溃的是，二十多年的阿訇生涯，他的生活、授徒、买经书的一大半一直是依赖面粉商亲家资助的，而这一切竟然是毒资在支撑，深深的愧疚和自责把他淹没。

小苏是在一个月后才知道父亲已经辞学回来的。父亲有家不回让他无法接受，他就带着妻子去看望父母。

母亲冷淡地接待了他们。

父亲躲在经房里给学生讲经，明显不愿意见儿子。小苏不知道内情，等讲经的学生走出屋子，就带着妻子硬闯了进去见父亲。结果一进门，妻子就给父亲跪下了，苏阿訇坐在炕头上，眼睛盯着满架的经书，不看地下站着的儿子和跪着的儿媳妇。

不知情的小苏气疯了，冲出屋子找母亲理论。无奈的母亲把愤怒的儿子摁在椅子上，告诉了他一切。

被活割肉般的疼痛让他没有勇气再见父亲，怪不得妻子给老人跪下了，原来她知道一切。

回到家里后，他痛不欲生，心爱的妻子、敬重如山一般的父亲。他开始长久地失语，整夜整夜地失眠。

他想离开，发生了这件事情，待在家里他担心自己会疯掉。

多方寻找后，他去了毛乌苏沙漠，走的时候他把妻子送回了娘家。没让父亲知道，悄悄地消失了。

太阳在罗山顶上留下了半个脸庞，橘黄色地微笑着，平原笼罩在温馨的色彩里。沙枣花香更浓了，一望无际的葵花地变成了暗黄色的地毯。镇子里傍晚礼拜的诵经声，被扩音器送出，如一曲悲歌，在四野的上空久久地飘扬。

韦州有三十多座清真寺，每到礼拜的时候，此起彼伏的诵经声形成合唱。一丝薄薄的暗影在大地上轻轻地飘浮，葵花地里的凉气升腾着，七月的傍晚，惬意得令人留恋。

坐在土堆上的小苏，一脸萎靡地看着远方，我看到有一星光点在他的眼睛深处闪烁。

从毛乌苏回来后，妻子已经打扫了房子在等他了。从妻子的口中得知，他不在的日子，父亲已经被银北请去开学了。父亲回镇子的三个月里，一直躲在那个偏僻的院子里授徒和看经，不见任何人，家里都没有来过一次。就连去开学，都没有通知唯一的儿子。

小苏刚刚平静下来的心又被吹起了波澜。

他想带着妻子去看望父亲，妻子死活不去。原来他不在的日子里，她每一周两次登门都被拒绝了，只有婆婆应付着接待她一下，她已经没有信心去见公公了。

小苏只能一个人上路了。

苏阿訇的状态已经恢复了很多。他像什么事情都没发生和儿子聊着，三天时间，那个雷区父子都回避着。直到儿子要离去了，父亲才让他和母亲坐下来。苏阿訇语重心长地告诉儿子：

“这三个月来，我反复、详细地思考了这件事情，开始的时候我确实很生气，他有三个电话号码，我怎么打都不接，后来直接成空号了，人也从人间蒸发了。

“我详细地清算了他这些年给我的帮助，我把每一份、每一次收入都写了条子夹在经中，所以，我费了些时间找出了所有字据。算过后我哭了，我竟然得到了他一百多万的赞助，生活、教徒弟、买经书，我没有想过就使用了他这么多钱。不管他是用什么途径赚的钱，我相信他对我的帮助是真诚的。

“你们知道，我是没有能力还这笔钱的，我要求你离婚，把我们祖传的院子给他们，我们只有这点家产，你二十三岁了，我从来没有向你要求过什么，这个要求你必须答应。”

“可是爹，那样我们就一无所有了。”儿子无意识地问了一句。

“儿子，别怕。欠人家的我们必须还，等这一切结束了，我卖了经书再给你娶亲，我虽然工资卑微，但是，我们必须忠诚而纯洁地活在这个世上。”

“那怎么行，经书可是你的命啊。”

“儿子，你错了，你才是我的命！”

从银北回来后，小苏被无限的苦恼包围了。他爱妻子，两年的婚姻生活里，他已经离不开她了。院子是爷爷留下来的，父亲既然决定了，自己也无所谓。但是他怎能舍弃自己最爱的人呢。

无形的压力使他崩溃，这些事情是无法隐瞒的，妻子很快就知道了。

半年的日子，小苏在纠结、尴尬、不舍、无奈、流泪中度日。

他喜欢上了飙摩托车，喜欢在下午骑摩托车南出韦州，把心里的郁结抛在狂风中。到底该怎么办？自己没有了主张。

小苏的故事如一瓢冷水，整个下午的心情被淋了个透。

坐在他的摩托车后架上，回到韦州已经是灯火点点的时候了，人流走在昏暗中。他依然把车速放得飞快，真没有想到，只有二十三岁的他竟然承受着如此艰难的抉择。

三轮车进韦州的时候已经很迟了。秋天的沙枣树如一身破烂的乞丐一排排站在路边，田野上庄稼已经收净，稀疏的柳树在风中摇摆，远处的村子如落魄的老人坐在平原上，满目的景色像一只巨大的手掌，压抑得喘不过气来。三轮车的刹车完全失灵了，只能耐着心情，缓慢地走过这里。那个撕心裂肺的结局，也在脑海里翻滚。

和小苏离别很久以后，一天我正在田里忙碌，正好也是秋天，突然就接到了他的电话。他好像心情很矛盾，话说得断断续续，又好像想说又没必要说的意思，没说出个所以然就把电话挂了。

他是想告诉我妻子怀孕了吗，好像并没有开心的迹象，还是想说说一年没去看父亲了的愧疚心情呢。

我隐隐觉得，他似乎在做着什么决定，或者他感觉到了什么，也许他只是心里堵得难受想跟我倾诉，却又说不清心里的难肠吧。

直到突然接到他出事的消息，好后悔没能再和他一见，甚至都没有再通过电话。只是从他妻子的电话中得知，他一直骑着摩托车到处兜风，回避着父亲，直到有一天知道妻子怀孕了，他突然不出门了，在家操心怀孕的妻子，整整四个月。当妻子身孕一天天大起来，要求他告诉父母时，他控制不住了。

他骑着摩托车出门了，摩托车很久没有使用了，有些零件出了问题，他骑得太快了没有收住，就钻进了大货车的身躯。他和摩托车都毁灭在沙枣林边的大路上。

终于进入韦州了，这个被故事淹没的小城，平静的日常里暗涌着多少波澜啊。南北只有两公里，我小心翼翼地驾驶着装满羊粪的三轮车，人流从耳边滑过，时间划过。心情期盼着远方的家。

苏阿訇带着徒弟们匆匆赶回家乡安葬儿子，他没有向肇事货车追究任何责任。只是在葬礼结束后向亲族们宣布，老院子永远地留给怀孕的儿媳妇。然后扬长而去，拒绝了所有家族人的安慰和邀请。

半年后儿媳妇抱着孩子去看望他，要求他给孙子取名。当抱起孙子的那一刻，苏阿訇隐忍的泪水如决堤的洪流，打湿了胸膛。

车子北出韦州已经傍晚了。离合、刹车全部失灵，家还在二十五公里之外。我勒紧腰带，准备行走眼下的夜路。暗暗告诫自己，让心静下来，前方的路就好走了。

2017 年 1 月 3 日

晌午的风景

已经好几年了，每到秋天，我总是一个人陷在秋收的田野上，在劳累而又紧凑的忙碌里独自奔波。

妻一直被孩子和家里的琐事拖累着。几年过去了，我也已经习惯了一个人下田。只是，偶尔有劳动的间隙，想想几十亩玉米要一个人拼了命才能收拾完，心里总有种漫漫长路寸步行般的紧迫感。于是就被紧张的劳动给湮没，疲倦中日子流失着，每年两个多月，我都在超过身高很多的玉米林里流着汗水跋涉。

秋天丰沃，早晨的露水很厚。

天气已经凉了，每天早晨在微冷的朝阳中骑着摩托车下田，必须穿厚重的冬衣。下田之后，刚在玉米林中忙过两个来回，衣服就已经被露水打湿了一大半。正是晨冷午热的季节，十点刚过，太阳的光芒就开始偷偷地蜇人，于是，就开始一边干活儿一边不停地减衣服。

十点以后，等妻送早饭来。其时我已经一身轻松，玉米放倒了一大片，坐在明亮的阳光中一边休息一边吃饭很是惬意。

田地的位置正好在大路的边上，偶尔就会有拉粮食或饲草的车子拖着一路灰尘喧嚣而过。秋天广袤的原野上，车子会越走越小，消失在秘境中。

一

那是2015年秋天的记忆了。

那一年是我生命中最独特，最痛苦也是最记忆清晰的一年。整年的羊群劳动和无奈的羊只跌价让我如临深渊，身心俱疲。收秋的季节，困乏之极的我只能求父亲带着病体帮我去放羊，让妻子也留下孩子给母亲照顾放下家里的烦琐下田帮忙。

年景大旱，玉米的长势很差。萎靡的心情中头顶辽远的天空都很少有迷人的湛蓝。早晨冷霜厚重，中午却暴晒如夏。

丰收的喜悦和激情被持久劳动的倦怠和危机重重的前途消耗一空。每天我都没有一丝暖意咬紧牙关坚持着劳动，心情沮丧，两眼迷茫。身心的疲惫如淋雨后沉重的衣服拖累着我，前行艰涩。

有一天中午，妻子突然有事情回家去了。剩我一个人坐在已经放倒的玉米中间边吃饭边休息。中午的太阳露出沉闷的目光看着衰败的大地，视野枯黄，我的状态差到了极点，甚至对身边和家里的事情都一片麻木。

没有胃口吃饭，我就默默地面对原野发呆。偶然间看到一辆拉玉米秸秆的车子缓慢地从大路上由远而近。一直到近处我才看清楚，原来是一辆微型的电动三轮，车身瘦小，拉着小小的一摞草匆匆而行的身影吸引了我，此时，我才发现其实它速度并不慢。是庄子边上的移民！因为我们这些原住民接受新事物普遍比较保守，都还没有使用电动三轮代步的习惯，更别说用它运输了。我是第一次见到用这么小的车子拉草，也就放下手里的饼子和水壶，满足好奇的心理了。

拉草人是一个五十多岁的中年妇女，和在这片大地上生息的所有劳动妇女一样，搭着橘黄色，布满沧桑的棉头巾，一身因为劳动显得邋遢的衣服，脸上布满了长期劳动的印痕。只是她目光坚忍，一脸安详。

她的电动三轮车身上紫色的油漆已经陈旧，却显然状态良好。

拉草的车子擦身而过。最后的一瞬，我发现她的两腿间居然还站着一个孩子！只露出一个留着一撮毛、小小的尖脑袋。

四野寂静，拉草的电动三轮车匆忙而过，很快走出了视野。

我久久无法收回目光，无法把手中的饼子送入口中。

那个已显苍老的身影和那副安详的面孔一时间如一瓢凉水渗入了我麻木的记忆里，就如同一道阳光，从突然打开的那道萎靡的心门，瞬间闪过，硬是照亮了我消沉的心房。久久晦暗的心里那堵厚实的墙，一时间轰然坍塌。

那以后，她坚强的电三轮每天从身边的大路上来回奔波着，一车车的草被拉回，居然是一个人装卸，那个小男孩一趟不缺地站在她的两腿之间。有时候西风呼啸，她却始终奔波不辍。

一直到我收完了那片地，她还在一如既往的拉草中。似乎她的性格里有种倔强，不干完田里的活计，风雨无阻，绝不休息。

二

随之而来的是一个顺年。以农牧业为生的人们从上一年紧迫的生计节奏中刚喘过了一口气，平顺的年景就如同被西北风催促的云一样，匆匆远去了。

2017 年是另一个更加艰难的年份。春季还没有完全结束天象就开始干旱。一直到酷热的伏天结束，漫长而暴晒的整个夏季居然滴雨未落。三十年未遇的大干旱漫天而至。

农牧业陷入了前所未有的危机中。

这片土地上生息的人们多以务农牧业为生。农业分为旱地和水浇地两种，如此年景，旱地已经颗粒无收，水浇地也面临着严重供水不足的艰难。

牧业主要以养羊为重，同样也分为家养和放养两种。

移民们都习惯于家养。每到秋天，他们会备足草料，一年如一日地坚持下去，因为数量小，这样的养殖方式只能收获微薄又辛苦的汗水钱。而我们原住地的人们祖辈就是牧人，形成的传统是放养，这样的蓄养方式虽然辛苦却也收获丰厚得多，能够养家，也有希望致富，是可以当作职业干的。

如此干旱的年份里，那些几百上千的羊群陷入了巨大的危机中。多数人，上一年雨水丰满忽略了蓄草，其实数量过大的羊群本就不指望以蓄草为继。

初伏进入的时候，回族人的斋月到来了，历年不遇的干旱带来的高温也正肆虐如虎。饲草和玉米的价格一路飙升，据说，仅一个月家乡养羊的人们就买断了方圆百里所有的蓄草。

炎炎烈日下，终于等来了下午的凉爽。忍耐着斋戒的燥热和困乏，我带着孩子回老院子看望父母。原来二老正在为家里饲养的六只绵羊断了饲草而忧心。父亲去年夏天摔断了腿，如今拖着恢复不佳的身体，骑着他的电动三轮到处奔波买草。母亲正害着眼病。

老院子在旧村子里，邻居们都搬到新村去了。空荡荡的院子里父亲喜欢养几只羊。他养羊一生，爱之心切。父亲说，家里有几只羊就有了生气，晚上起个夜，或者偶尔一个人在家里的时候就不会感到太深的孤单和寂寞。

这几只羊是父亲的心爱之物，他宁肯拖着残躯封着斋顶着烈日去奔波买草，也不愿意卖掉。

父亲说，饲草真的已经很难买到了。宽慰的是玉米家里还有一些储存。看着身残又年大的父亲顶着炎炎烈日封着斋四处奔波，燥热的心里五味杂陈。

和弟弟曾力劝父亲把羊卖了，安度晚年，他不为所动。知道他喜欢羊，我们也不忍强迫。

几天后，同样燥热的下午，突然就接到父亲的电话，他明显兴奋而激动："买不到草的困月里，我却要到了一小堆草，你明天去给我拉吧！"

父亲难掩的喜悦感染着我。真是天无绝人之路，贵重的月份里，父亲遇到了贵人。不仅感动着，参悟着其中的秘密。

夏天的早晨，阳光如白花花的波浪，强烈的光线把目力所及的世界照耀如洗。干旱已久，树木一片灰绿，远山呈现冬天一样光秃秃的耀眼钢色。还没有到温度高升的时候，大罗山已经端坐在沉沉的雾霭中，显得死气沉沉。又是一个烫人而难熬的日子。

庄子的西北角有很大一片土地因为土质不佳十几年来被断断续续前来的移民买去建设家园了。他们不是生态移民，属于主动寻找机会搬来的，没有优惠政策的扶持，三三两两，形成了独特的一角居落。

按照父亲所说的地址，我很快找到了那堆草。是隔年的陈草，揭去上面腐化的部分，下面的那部分的确是依然保存完好，如此旱年，救命是没有问题的。

傍边儿的院子里有人走动的声音，必须核实清楚才能把草拉走。院门开着，我跨步而入。

这是一个安静的再普通不过的院落，面南的红砖瓦房依然是十几年前搬迁来时的普遍样式，低矮，狭小。十几年过去了，房子已经满身草旧，样子也明显已经过时得厉害，只是房子的主人显然有细致的居家习惯。眼前陈旧的房子，沐着上午洁净的阳光一派窗明几净，收拾得干净利落。黄土铺就的院子清扫得如一面镜子，给人一尘不染般的清爽感觉。院里是一个精致的菜园子，几棵高大的雪花梨树下一块不小的荫凉，荫凉中放着一张行军床。各种各样的蔬菜一小块一小块地分布在脚下，一片诱人眼睛的苒苒绿意。围绕院子的白杨树挺拔笔直，整齐地站在墙边。菜园中间围着一个不小的牛棚，四头紫色的牛正在棚下凉爽地吃着草，显然牛棚刚刚被打扫过。

这样一片院子的主人肯定把日子过得勤奋而自足吧。

我正在观望，从牛棚后面走出来一位中年妇女，她戴着回族妇女普通的白帽子，一身半旧的衣服，脚上穿着手工制作的鞋子。长期田间劳动风吹日晒的黑红色脸庞，不愠不怒，一脸安详。

原来是她！我一眼就认出来了，她就是那个前年秋天用电动三轮拉草还带着孩子的女人。从衣着到笑容她似乎一点儿都没有变，还是那样的淡定和安详。

“一个瘸腿的老汉到处打问买草，喂，买什么呢？我家里有牛呢，院外的草已经搁过年了，贵月的日子，只就送给他了，你放心地拉去吧。”

她不认识我。安静的院子里再没有看到其他人的身影。这个勤劳而安静的院子好像一个独立的世界令人向往也令人难忘。

三

2017年注定是一个让人难以忘怀的年份，宏大的干旱在初秋的节点上突然间结束了。随之而来的是绵绵秋雨。旱情如一场噩梦，被秋天绿翠的大地掩埋在记忆的深处，等待生计忙碌的人们静下心来，细细地品味。

秋粮食也在绵绵秋雨中，得到了良好的恢复。

很快秋收就开始了。我忙于他事，下手缓了一些，等我开始下田，很多邻人在机械的轰鸣声中已经结束了秋收。

对于缺乏劳力的我，注定又是一个忙碌而错乱的秋天。

有一天傍晚，我拖着一身疲倦，骑着摩托车走在回家的路上。玫瑰色的傍晚视野辽阔，光秃秃的田野上牧归的羊群踏起一片尘埃，广阔的大路远处，有一个拉草的车子在前方晃动。“这么迟了，谁还在拉草！”劳动的常规习惯是趁早晨的潮湿拉草，这个时候还在拉草是很难见的，我有些诧异。

更主要的是，随着经济条件的改善，家乡人已经越来越懒了，基本都使用捆草机打草墩了。只有移民还依然勤劳。我不愿意太多使用机械，以便尽量减少农业支出，还坚持着依旧自己干，这样就远远地落在了后面，也已经遭到了亲人的质疑甚至误解。

傍晚遇到同样劳动晚归的人令我振奋。

摩托车超过拉草车的时候我放慢了速度。透过长长的玉米草捆，出现在眼前的是一辆熟悉的电动三轮车和一张熟悉而安详的脸庞。

又是那个勤劳的大娘！

错过的一瞬，她认出了我，她向我点头致意。晒黑的脸庞上洁白的牙齿分外明亮。依然是同样的头巾，同样的衣着，甚至面容上独有的安详都没有变。

让我惊讶的是，她的两腿间电动三轮狭小的踏板上同样站着一个小男孩，只是小男孩戴着棉帽子看不清面容。

打过招呼后，车子很快就错过去了。

啊！这个坚强而勤劳的老人，她勤奋地治家，平静地劳动着，快乐地把一个个孙子带大。她一脸安详，生活中那些苦涩的浊流她是否熟视无睹！

随后的几天里，那熟悉的场景一再上演，破旧的电动三轮车，一车一车的草，橘黄色显旧的头巾，她两腿间站着的孩子，还有那永远不变的一脸安详。

我们都喜欢安逸，厌恶劳作，顺遂的环境里一路欢歌，悖逆的风中就满是情绪和哀怨。

2017 年秋天，那道熟悉而动人的风景最初在大路上移动，最后走进了我的心里，如同一泓潺潺流水，悄悄地滋养着我干涸的心田。我看到远方的田野，绿意苒苒。

2017 年 11 月 18 日—21 日初稿

12 月 6 日凌晨再改

少年时期的童话

埋藏在记忆深处的那个秋天，我刚满十五岁。

秋收忙碌的日子里，父亲把我从羊群里换回家，让我下田去收玉米，开始接受田间劳动的锻炼。

我人生中第一次田间劳动就这样开始。

记忆里的那个秋天狂风怒号，黄沙肆虐。已经是家乡开发的第二个年头了。惯于种植干旱农作物的父亲种出来的水浇玉米稀稀拉拉的，只长到一米多高就似乎努尽了力气，再也不愿意往高长了。

第一次下田的我，看到橘黄色的玉米苗居然单瘦得这样过分，从田头望过去，一派参差不齐的模样。

那一刻，我深为父亲这个一生务农的庄户人种出这样的庄稼失望透顶。

跟着刚结婚不久的姐姐和姐夫，在只长成弱草，偶尔有一个瘦玉米棒的地里掰玉米是难堪的。姐姐不停地嘟囔："爹家里有那么大一群羊，怎么就舍不得给玉米上羊粪，你看种的这叫啥玉米吵！"

妹妹和我悄悄地跟在她身后，一行行地搜寻过去，细瘦的玉米棒就在身后形成几个稀疏的小堆。玉米都是狼牙棒，像露出嘴唇的牙齿，躺在玉米行中，丑陋地给我们做着鬼脸。

姐夫一声不响地干着，偶尔开几句玩笑，打发劳动间隙的枯燥。那一天，新奇而漫长，稀薄的收成，使第一次下田的我别扭又失望。

中午过后，风小了很多，天空也透出诱人的蓝来。气温凉爽，稀稀拉拉的玉米实在耐不住人收割。

妹妹居然拿着带木架的麦镰子割玉米秆，那一年的玉米瘦弱到让我一生难忘。

父亲大半年的时光一直忙于耕种，原来父亲耕作的“成果”竟然是这样的。怪不得他突然就躲进羊群，不愿意管秋收的事情了。

十几亩地早早就结束了。

临近黄昏，我们姐弟们把玉米棒收集起来，装满一辆小三轮车。姐夫开着三轮车，带着姐姐和妹妹回家了。留下我收割剩下的一小块还站着的秸秆。

就像这单薄的粮食一样，那个秋天，田头上的行人都是疲乏的，无精打采地走在风中。一年辛苦后的玉米像怨妇的脸色，让人不忍目睹。

终于干完活儿可以回家了。满眼衰败的景色没有尽头。在黄昏中步行回家，石子路上飞奔而过的三轮车扬起蓬勃的灰尘，瞬间就把我湮没了。等风尘过去后，我早就一副灰头土脸。

我一直期待从羊群中离开，一直期待父亲口中养家糊口的“农业”能给我希望。第一天过眼的经历，我心里那个盛满翠绿的花瓶就被彻底打碎了。

跨过小山头，秋天的村庄就赫然展现在眼前，我家就在不远处的山脚下。

黄昏雾蒙蒙的，就像憋住的一口气。天空是复杂的颜色，只有夕阳那一抹明亮的色彩柔弱地铺在大地上。静卧的村庄里传来隐隐的喧嚣，零零落落的树木，孤独无依地撒开在土坯房子中间。谁家的几只鹅，鸣叫得格外嘹亮。

远远地走近家门。装满玉米棒子的三轮车还沉甸甸地站在院子中间。姐夫正在院子里和几个陌生人站成八角阵聊着什么，中间那个正在兴奋讲述的男人一身白色长袍，一阵风吹过，有飘飘欲仙的感觉。剩下的几个人穿着奇异的衣服。他们都蓄着大胡子，显得神秘兮兮。

奶奶坐在屋檐下的椅子上，身边恭敬地站着一个消瘦的中年男人，他中等身材，一身青衣，人显得很是精神。他似乎和奶奶很熟悉，露出洁白的牙齿微笑着，向奶奶表示着尊敬。

等他们走后，我才从姐夫的讲述中知道，原来村子里今天来了外国客人。此时正在清真寺里休息，刚才穿白袍的男人是外国人带来的翻译。他来请大家晚上礼拜时间去清真寺里，说是远来的外国客人正在做什么很重要的研究，已经得到了地方政府的支持，想请村子里的人们都去，以便做什么口述。

奶奶说，那个中年书生是王希武老师，是从村子里走出去的读书人，艰难时期曾吃过奶奶的饭，今天顺便就来看望。

那个下午我好奇不已。突然到来的消息刺激着我，身上的困乏和心情的衰颓一扫而光。我用最快的速度卸完了还压在三轮车上的玉米棒，并洗了澡，换上干净的衣服，催姐夫带我去寺里。

那时，我是一个放羊娃。姐夫是念经多年的经学生，他也是结婚后刚离开清真寺接受劳动。

傍晚的天空澄澈如洗，整天笼罩大地的雾霭不知去了哪里。低沉而有节奏的狗吠声从村庄深处送来了安详，去清真寺的路上遇到的每一个人都满脸笑容。那些寒瘦的玉米，过度开发造成的风沙都已经远去，只有眼前的清真寺被某种激动人心的气场所充填。

太阳已经落山了，黑色的夜幕正徐徐覆盖村庄。大地上有一抹噪声在悄悄流淌，营造出一种如水蒸气般的温馨来。

青砖旧貌的清真寺里一派灯火辉煌。等走进礼拜大殿我才发现昏礼拜已经结束了。原来，我和姐夫来得已经迟了许多。

超出想象的是，大殿里居然座无虚席，黑压压地跪满了人。我的那些牧羊的同伴们也来了不少，在一个角落里正挤作一堆，互诉着久别的重逢。

礼拜大殿的正前方，桌子后面站着两个人。那个高鼻深眼的年轻人正在讲着什么，那个下午去我家的穿白袍的男人在一边结结巴巴地翻译着。

高鼻子外国人一身夹克，留着分头，也没有戴帽子，和我们一样的装束。而那个翻译却一身长袍，既不像外国人，好像也不愿意做中国人。翻译水平却明显很差劲。

翻译得太差，使我还没有听上几句，原本那股来看外国人的好奇和兴奋就烟消云散了。也许是他们也感觉配合不好吧，外国人讲了几句什么，白袍人居然翻译不出来。我们寺里的马阿訇就站起来帮他翻译，好像还是没有翻译好。外国人只好向大家问好后放弃了，走下来坐在了人群中间。

外国人刚一坐下，礼拜大殿就被死一般的安静所淹没。有的老人咳嗽了几声，我那些放羊的同龄人开始偷偷地三三两两地开溜。

我也想开溜，却看到被奶奶称为王希武老师的中年读书人被马阿訇让了起来。也许是家乡人的缘故吧，人们齐刷刷地把目光聚了过来。

他很文静地站在桌子后面，朗声向父老乡亲们问好。他不是阿訇，只是一介书生，站在清真寺里的讲桌后面，很快就吸引了人们的眼球。

起初他开始回顾他在老庄子里度过的美好又难忘的少年时光，随即话锋一转，就开始了对人们的劝谏。

“我劝谏你们，我的长辈们，一方和平永远是地方上的第一要务。你们务必要尽心尽责，只有拥有了和平才能安全地生存，只有拥有了和平才能拥有发展，离开这两个命题，再说多少都是废话。”

他转向年轻人：

“我忠告你们，我的兄弟们，和平是恩典，你们当学会珍惜。我们是从苦难中活老的一代人，已经做不了什么太大的改变了。所以你们要努力，要正派。只有你们做好了自己，下一代才是有希望的。若我们这一代不能坚守负重，未来，我们的下一代就会困难重重。”

他最后把目光投向我们这一群小青年：

“后面的兄弟们啊，请耐心听我说。好好求学吧，哪怕是关于一门手艺的知识也行。老一代属于过去，父辈们属于现在，你们才是未来。我更多的希望在你们那里，我盼望当我老去的时候，你们能够建设一个更加美好的家园。请坚定地相信你们幸运地生活在一个前所未有的和平美好的时代，所以你们一定会超过前辈，一定能取得他们所不能取得的成绩。”

他静静地离开桌子，坐在了人群中。只是，我突然发现，他的话如一条河流，一不小心我已经泅入其中，久久回味，无法释怀。

从清真寺出来已经很晚了，黑暗如一件厚大衣紧紧地包裹着古老的村庄。

村边正在修公路。看准商机的人们在村子里开了几家商店，每到傍晚就会人声鼎沸，不知道从哪里来的打工者正在吃喝玩乐。我的那些同龄的朋友们正在村边的涝坝边借着月光打瓦（过去宁夏农村年轻人玩的一种游戏），不时传来放纵的笑声。

快速跨过热闹的村子，我的家就安坐在村边的小山坡上。身后，喧嚣声正在消隐，远处的小山在明亮的月光下如一道暗影，静静地守护着村庄，只有满天的星斗如无数只眼睛，泛着熟悉的波光，静观着大地。

我头脑一片混沌地走进奶奶的家门。奶奶年迈后，多数时候我和妹妹陪着她睡觉。

奶奶还养着几十只羊，长年累月中由我给她带放着。奶奶疼我辛苦，偶尔会做好吃的给我。今天奶奶给我吃的是羊肉揪面。

我一边吃饭，一边缠着奶奶，让她给我讲王希武老师的故事。

原来，王希武老师比家父要小一些。和父亲一样，他也出生在一个大户之家，是家中六个儿子中的老小。吃大锅饭的时候，只有十岁左右的他，几乎被生生饿死。

奶奶说，长期的饥饿已经使他虚弱得没有能力站起来了。他已经几天没有回家，饥饿中的家人也没有能力去找他了。那一天，他用剩下的最后一口气，爬到了灶房灰坡边的一棵芨芨草的阴影下，很快就被饿晕了过去。做饭的大嫂把一把做菜削下来的萝卜屁股顺手扔在了灰坡上，转身就进了灶房。赤身露体又奄奄一息的他醒来后发现了，就爬了过去，吞下了那把被当作垃圾扔掉的萝卜屁股，他幸运地捡回了一条命。

他是那种很硬气的男人，忍受着饥饿和衣不蔽体，硬是靠读书走出了家乡，最终成了一名国家教师。据说，经历过生死考验的他，一直对物质享受看得很淡，他为人谦和，深受家乡人的爱戴。

说着王希武老师的故事，奶奶一脸的灿烂。奶奶一脸羡慕的表情，使我难忘。

翻过的一天是一个清冷的日子。我换回父亲，赶着羊群走向原野。

秋天的原野一眼荒凉，微弱的西北风也已经开始硬起来了。爬上家乡的卧牛山，原野就亮亮地从山脚下蔓延向天边。天空很高，视野洁净，大地如一面灰色的镜子。镜子的远方，村庄摆在上面，一座座丑陋的红砖房像棋子，木然地坐在太阳下，迷失了远方。

爬上山坡的羊群顺着山洼散开了，一朵朵白使静谧的山谷顿时活泛了起来。向阳的山坡上，穆萨哥哥仰躺着，他高大的身体舒服地摆成一个夸张的大字。他的羊群已经爬上了最高的山巅，是一片白白的云，映照在他黑黑的眼眸里。

穆萨哥哥比父亲小十岁，与我同辈。他也参加了昨晚的活动。晒着太阳，他滔滔地给我讲着他和王希武老师的故事。

“我们曾经是同学，饥荒来了，我的家庭成分好，就逃出村子，到羊圈上给放羊的老爸爸做了捎子（老放羊人的副手）。唉，没想到啊，当时只想着活命，却放了一辈子羊。王希武他家拖累大，他快饿死了，跑不到羊圈上，谁能想到，当时已经站不起来的他，最后却做了人民教师。

“其实，正是没有饿死，他才开始奋发图强，后来他到县上读书，偶尔还会回来。年轻的我们忙着吃饱肚子，他却手里永远不离书本。割麦子的季节，地头上他都手不离书。

“你看，我们都大半辈子过去了。人家活成了什么人，我们又活成了什么样子。唉！人要好学呢，劳动的事情所有人都能做，没多大的出息。”

远处，山巅上那片淡淡的云朵转到别处去了，穆萨哥哥的羊群已经走出了视线。他懒懒地站起身，披上衣服，踏着羊肠小道，顺着山巅远去了。

穆萨哥哥走了。我心里似乎钻进了一只兔子，慌乱又迷茫地跳个不停。

站在山头上眺望山脚下不远处已经废弃很多年的老村子，秋天的太阳送出柔柔的波浪。地势平坦，老庄子像极了一个破羊圈晒在明亮的太阳下，和秋天满眼的枯黄融为一体。那座先人们建成的古寨子坐落在荒野上，居高临下的视野里，像一辆用旧的毛驴车，被丢弃在岁月的风尘里。

更远处，现在居住的村庄，在广阔的蓝天的压迫下变成了一个薄饼，迷失的羔羊般可怜地仰望着苍穹。

古怪的眺望中，一个久已忘怀的场景进入了脑海。

那是四年前的另一个秋天。我寄宿在韦州外奶奶家读书，外奶奶的一场大病让我没有了吃饭的地方。父亲骑着自行车跑了八十公里山路来带我回家。我知道，此刻离开韦州，我已经永远地失去了读书的机会。就让父亲在外奶奶家等我，我去向老师告别。

久久的等待后，我尊敬的苏润波老师终于来学校了。尴尬的处境使我无法面对老师睿智的眼睛，就给老师撒谎说父亲要求我回家乡的小学继续读书。

记忆中苏老师久久无语，坐在桌子后面的他安静地看着羞怯的我。当时，老师都说了什么已经记忆不清了，只记得他严肃地对我说："我盼望你记住，只有知识才能改变命运。是你自己的命运，而不是别人的。"

时间这只风筝，催我不停地走向未知的远方。四年，那快乐的童年，快乐的读书时光已经永远地远去了。如今，我已经满脸沧桑，一身破旧，牧羊的无尽长途使我永远穿着一双破烂的鞋子。只是，我已经长大了。四年间，我的双脚几乎踏遍了故乡的每一寸土地，我炽热的情感体悟了贫穷所有的酸甜苦辣和卑微的劳动所赐予的短暂快乐。挺起胸膛，身后的长途催我长出坚强的骨骼。

我站在家乡最高的山头上眺望远方。羊群已经顺着山线折回来，像水一样在山湾里闪亮。我看到，碧蓝的天空下几朵雪白的云在飘荡。更远的几朵已经跑进秘境。心里似乎有什么悄悄地打开了。苏老师的话变成了父亲的手指。广袤的大地上，终于出现了通往远方的小路。

倾奔泥土的根须

我怎么也没有想到，那个我一生也无法忘记的、寒彻心扉的下午，居然就是我人生的那道分水岭。一道干旱的秃岭这边，留下了如今在生计的奔波与无奈中风尘仆仆的我。

二十多年来我已经习惯于做苍茫大地上奔跑的儿子。每当跨过一条河流的时候我都会久久地思索与回望，我丢下的不只是沉重的疲惫，还有那些永远也回不去的忘我的不倦跋涉的岁月，唯一留给我的，我能够带走的是走向远方不可或缺的不悔信念。

1992 年隆冬那个忧伤的黄昏我刚满十一岁。骑着我的秃尾巴自行车逆着寒风行了十多里路后，我终于看到了夕阳下金黄色的躲在旷野深处亲切无比的小村子。我停下车子，站在原野的高处，佝偻着几乎冻僵的身躯，如第一次见面一样，看到稀稀落落的十几座土坯房，错落地摆放在一望无际的夕阳里，满身辉煌。满目的光芒中，我感动得泪流满面。我第一次像一个伟岸的男子汉一样，郑重地告诫自己，我必须自己做出人生的第一个决定了。

蓦然之间，三年的求学生涯从眼前一闪而过，做出决定瞬间，我挺起胸膛，任泪水模糊双眼。我想控制住没有出息的眼泪，却感到心里的河已经决堤，泪水在脸上冻成了冰花。

那个下午的寒流冻住了太阳，这条我已经走了三年的遥遥上学路，从来都没有这样艰难过。从学校出来，跨上自行车，走出定居的村子，急促的西北风使我感到脸庞突然就厚了起来，还没有走出一里路，手就失去了感觉。我试了又试，僵硬的双手就是握不住车把，一次次跌倒又爬起后，我终于在脚趾的疼痛中明白过来：啊，居然有这样寒冷的冬天。我能够走回家吗！

原野在明亮的夕阳下无边无际，远处有几群瑟瑟的羊群，在冰冷的阳光下挤作一堆，视野一片苍白。脚下的土路如扭曲的蛇般弯弯曲曲地从脚下通向大漠深处的家。前方，家所在的方向，村子在距离的怀抱里躲藏的竟然无影无踪。

我把整个上身压在车把上，把双手伸进袖筒里取暖，推着自行车在催人麻木的朔风中前行。突然，农业社时期废弃的机井墙救星般出现在前方，我扔下自行车，不顾一切地跑向墙根避风，墙根积了一堆被寒风收集起来的蒿草。激动万分的我掏出火柴盒，一双冻僵的手却怎么努力也无法取出红灿灿诱人心跳的火柴棍。又试了几次后，我绝望地扔了火柴盒，倒身躺在了蒿草堆上，冻僵的思维里还在品尝着火堆闪烁的温馨。

等缓过一口气后，我再次推起自行车走在荒凉又细小的羊肠土路上，寒风的催堵下，思维一片模糊。一直到夕阳把大地变成了血红色，我才终于走进了沙漠中只有十几户人家的孤独小村。

家里人已经全部被父亲送去了羊群过冬的羊圈上，唯有疲倦的父亲，在几乎搬完家什的小土坯房子里等我晚归。他把冻僵的我没有脱鞋子就抱上了土炕，然后用老羊皮大衣裹了起来。当土炕的温暖悄悄把我包围，我早已经去了梦乡。

深夜里，四肢刺骨的疼痛一次次把我催醒，我发现父亲一直坐在漆黑的屋子里守着我，看我醒了，他给我拿来热乎乎黏稠的米汤，然后用剪刀从我脚上往下剥鞋子。心爱的鞋子在父亲的剪刀下碎了，我才知道我的双脚已经肿胀成了紫色的土豆。

半个月后，我的耳朵和手指全部褪去了一层死皮。一直到如今，若遇到突然而至的寒流我都会倒下，我常常会感叹，生命的磨难居然是如此的波澜不惊。

第二天父亲就驾起毛驴车，带我去了冬牧场。不久我就发现，我的最初八年的原始牧羊生涯就这样顺理成章地开始了。

父亲最初交给我的是只有一百多只的一小群羊，我只有九岁的堂弟穆萨没有上过学，已经是有两年经验的放羊娃，我成了他的学生。

冬天的羊群是隔水的。今天必须向水路递羊群，路该怎么走，什么时候羊群开始往回走，和别人的羊群怎样隔开距离，哪些河段饮羊比较安全等，我必须全部听穆萨弟弟的。隔日的羊群是不允许喝水的，必须向与河流相反的方向去放牧，离家有多远是合适的距离，天气过分寒冷了怎么保护自己和羊群，羊群和别人的掺和了怎么处理，遇到母羊产羔怎么办，遇到雪天怎么办。九岁的穆萨兄弟俨然就是我职业生涯最初的导师。

现在回想，那个冬天独特的寒冷是永远也无法忘怀的。鞋子不知道怎么永远都露着脚趾，手套一直到我八年后初次离开羊群时才能够拥有，唯一宝贵的羊皮大衣是父亲已经穿了十几年的一件，我身材还小，总是用大衣裹着自己，躲在向阳的沟坡上取暖，羊群就在视野内的山洼里丰沃的草海里散开着。

漫长的冬季里，多数时候我俩会放一堆火，多找来一些牛粪和干柴，美美地烤上半天。穆萨兄弟有一件穿着合身令我羡慕不已的紧身短皮袄，有一次在不知不觉中被火星点燃，他看到羊群有些远了，就急急地要去拦羊，离开我二十几步就有一股青烟飘着，他竟然还不知觉。等我追上他，皮袄的后襟已经被烧掉了一半。就这件皮袄，他又穿了好几年，直到他长高了，衣服小得无法上身后才没有了去向。

腊月初八是一年中最冻的一天，传统的习惯却是必须去饮羊，喝过腊八水的羊只据说最抗病。而立春的那一天必须让羊只干渴，传说喝过春水的羊最容易得病。

那时的记忆里父亲永远是缺失的，我不知道漫长的冬天他在忙些什么以至于无法回家，冬羊圈上居住的窑洞里永远是母亲忙碌而温馨的身影，弟弟妹妹永远在他们的快乐里玩耍。这片牧场上只有五群羊，大家彼此照顾着，冬天也和寒风一起，在不知不觉中就远去了。

立春以后不久，天气一天天变暖的季节里，河道里广阔的冰面上就会流淌汹涌的消冰水，突然，羊群就开始转场了。穆萨弟弟告诉我，等消冰水造成河道里到处是泥泞的时候，让羊群过河到沙漠里的草场去就困难了。最重要的是消冰水会破坏羊只的肠胃，使羊们感冒拉稀，这样的羊群挨过春天后是很难长膘的。

不久的一天，父亲套好骡车，牵着他心爱的灰骡子宣布，羊群该转场了。我家的窑洞和四叔家的只隔着一面小坡，那一天都忙碌了起来。

我和穆萨兄弟一起把大羊和还没有出过山的羊羔赶出羊圈，浩浩荡荡地向沙漠那边的村子里远去。

劳累的傍晚，走进家里的土坯房，已经住惯了窑洞，房子的明亮使我永生难忘。

赶着羊群走进村子的那个春天我已经十二岁了。一切都已经改变，自幼年以来，我一直认为这里就是我的故乡。而十二岁的春天父亲告诉我，我已经长大，他必须回故乡盖房子，他必须给快要上学的弟弟创造条件，不能像我一样因为没有吃饭和睡觉的地方而失学。傍晚，一群接一群的羊群散落在村庄四野，羊群回场的场景清晰地告诉我，这里虽然也建有稀稀拉拉的土坯房子，却也只是一个羊群转场的地方。

临近的二十里方圆依次就有三条常年流淌的小河，广阔的草场上同时有七八群羊走出村落，白天也很难再见上一面，也只有饮水的地方，两群羊才能不期而遇。

春暖花开的季节，大地被稠密的矛头刺竞相开放的花朵染成紫色和黄色相间的海洋，植被已经变成深绿色，山羊也已经抓过绒，日子变得惬意得令我忘记了时间的流逝。

父亲带着家人去了我曾经上学的村子，他说，那才是令他念念不忘的血脉的故乡。也就从那时开始，我的随着季节和雨水的变换在不同的草场上漂泊的难忘岁月开始了，与我相伴的是一台姐姐冬天拾发菜攒钱给我买来的收音机。

孤独会成为一种习惯，物质和精神的贫乏也会成为一种生命的常态，羊群散发出的温馨气息会让你漠视时间的流逝，甚至淡化成长的苦恼。

突然有一天父亲来羊群看我，那是一个大地沉甸甸的初秋，丰沃的雨水使牧场水草丰满，羊只已经揽足了膘情。傍晚鲜艳的红霞中父亲告诉我，他准备卖掉大多数羊群建设定居点，盖大而明亮的房子，他忧郁地告诉我，家乡就要开发了，平坦的草原不久就要变成农田，而我，已经十八岁了，应该回村子里选个姑娘，做个让他骄傲的男子汉，奔波自己的未来。

那个傍晚，父亲的面孔是蓝的，他的声音如汩汩的河流，对我年轻的心灵开始了震撼的轰鸣。我站在正铺天盖地前来的夜晚前，心河里的涛声久久无法平静。

此时，我坐在电脑前，已经是三十六岁的人生中年了。又一个十八年弹指一挥，生命的下一个十字路口就摆在脚下，前方山重水复。

回首，大女儿已经读高中了，她身后的妹妹们也一个个走进学校。家乡翻天覆地的开发所造成的震荡早已经在时间地安抚下平静如水，我放羊长大的那片大地也已经变成了历史的尘埃。也许只有我，还在某个闲暇的时刻，品味生活的时候一次次回忆起，那曾经的岁月是那样的灿烂，让我一生难忘。

2018 年 5 月 27 日

第三辑 捡拾的碎片

闪烁的光点

记忆的黑暗隧道里，总是有一些光点在闪烁。

最初，它们是一丝火星，似无似有，掩埋在记忆的烟尘中，酝酿着时间的丰沃。

慢慢地，它暗自伸展身子，悄悄露出火苗，让你在无意的瞬间，开始回望记忆黑暗的天幕。因为有这一束火苗，记忆开始诱你遐想，诱你拷问当下，诱你逼问自己。

甚至，那一束零碎的火苗会开放诗意的花蕾，成为你落魄人生的一处光点，你思维深处秘密的花园。

忙于俗务的时候我们可能忽略了它的存在。忙碌的某个间隙，突兀地，你会发现，火苗已经变成燃烧的花园。你一生也无法离开它了，它占据了你思想的某个角落。而你，开始重构，开始建设它。最终，那个曾经的光点，变成了你意义的天堂。

这些年，奔突在生计的旋涡里，岁月暗淡，人生匆忙。猛一回首，生命已经荒废了三十六年。是荒废吗？我到底失去了什么！得到了什么！建设了什么！为什么我居然就是我。

我开始回望，开始在曾经的烟雾中搜寻光点。只是，无法停歇的脚步无法给我书写的余裕。但是我不会放弃搜寻的延续，会在我以后的每一个年轮里写下一些。给自己在匆忙中忽略的过去，也给在生计的奔突中无法脱身的今天，更给在一地鸡毛中打捞诗意的明天。

一、沙枣花香飞舞的午后

沁人心脾的花香长着蜜蜂一样透明的翅膀在田野上自由地飞舞。漫长慵懒的下午，我们俩就淹没在这浓浓的沙枣花香之中。

童年的阳光永远都是金黄色的，像小河里的波浪一样发出潺潺的笑声。远处的沙丘和阳光一样泛着耀眼的光芒，整个下午，我们俩是金色的世界里的两粒微不足道的黑点，在童年如风的梦乡里徜徉。

宏大的视野里，也有淡淡的忧伤在童年稚嫩的天空里飘浮。身边是铺展开的糜子地，深色的绿浪让世界找不到边界。

一条白得耀眼的小路如同带子，弯弯曲曲把绿色的原野通向远方，不远处的村庄露出几个矮矮的泥屋顶，被阳光染得黄黄的，如同母亲刚出笼的玉米面馒头，可能是坐在大地上久了，就溢出了夺目的笑容。

几只寒鸦一直在声嘶力竭地叫着，大地辽远，看不到寒鸦的身影，听到的叫声也如同从梦乡里传来般压抑，不真实。

心里有一种油油的，时间挥之不去，又无所适从的荒凉感，在静静地河面上泛着忧伤的涟漪。

回家还早，村庄上还没有飘出淡蓝色温馨的炊烟，也还没有听到母亲们让快些回家的甜美呼喊。

只有身后那七棵古老的沙枣树，孤独地站在空旷的大地上。原野是它们不离的家园，所以它们拼命地散发着甜甜的花香，诱惑路过这里的人们不要离去。

谁家的毛驴子没有沉得住寂寞，突然就发出了高亢的呼喊。

勒瑟紧抓着我的手，他的手心里汗津津的。他神秘地对我虚伪地笑着，眼睛里露出贼贼的光。

“尤苏夫，我想和你比一比。”

他害羞地转过脸，语气怪怪的，一定是做出了很大的努力，才说出了这突兀的话吧。

空气的泡沫在不说话的时候悄悄地把我们湮在了寂静的深处。我听到了心跳的鼓点，远远地在身体的内里敲击。

傍晚的阳光越来越黄，就连勒瑟的头发也闪着金灿灿的光芒。顺着他的身影，我发现一只黑喜鹊躲在沙枣树上，露出尖尖的脑袋对我俩窥探。

我咬紧牙关，脱下裤子，目光死死地盯向他脱下裤子后漏出的丑陋而神秘的物件。

我俩不约而同地发出了一声尖叫。

勒瑟提起裤子，飞一般地顺着小路直奔村庄而去，我看到黄昏瞬间把他淹没。

我呆呆地站在广袤的大地上，不知道该去哪里，心里慌乱得忘记了家的方向。我强迫自己，抑制住内心的慌乱，本能地向着对我微笑的太阳长长地撒了一泡尿。

是那种满心舒畅的顺。

心中那片薄薄的云什么时候散开了，只有这馥郁的沙枣花香却越来越浓，我清晰地看到，黄色的花粉在眼前翩翩飞舞。

太阳在地平线上燃烧着，红色的火焰点燃了大地。

就在这时，我听到了母亲呼喊我回家的声音，暗暗地，如一首歌，把厚重的静谧撕开了一个小口，只是，我居然听到了心里的波浪，在悄悄地涌向未知的前方。

2017 年 7 月 26 日

二、苦豆子花海里的舞蹈

等我和姐姐赶着羊群走过村边那条小河的时候，已经是中午的时光了。阳光黄黄的、凉凉的，在淡蓝色天空的衬托下，大地泛着迷人的笑容。

初秋的沙窝里是苦豆子花泛滥的海洋，八十多只羊钻进花海后只显出单薄又渺小的几朵白来。姐姐急匆匆地走在前面，把羊群往她想去的地方拦着，她穿着紫红色的衣衫，走在米黄色的色彩里，远远地望去矮小的如一束在风中摇曳的野花，独自燃放着。

不远处是沙丘起伏的黄色波浪，被暗绿色的沙蒿拥堵着，视野厚重而安详。

第一次跟着姐姐出来放羊，我被新鲜的大地惊呆了。走出村庄，居然一不小心就被宏大无边的原野湮没了。一种从未有过的好奇与冲动使我兴奋不已。

原来，外面的世界是如此的美好。

中午的太阳显得慵懒，暖烘烘的阳光在我头上、背上、胸脯上抚摸着。我躲在草海的深处昏昏欲睡。

羊群和姐姐已经走远了。姐姐喊羊的声音轻轻地，如微风般传来，眼前有几只白蝴蝶在厚厚的苦豆子花上面飞舞着，眼睛随着蝴蝶的身影，我就看到了广阔无边的天空中飘浮的那一片雪白的云朵。

似乎有花瓣在飞舞，从眼前飞向天空，然后去了未知的远方。

原来，比世界更大的是天空。

突然就听到了父亲的呼喊。急切的喊声把我从梦中带回了现实。才想起父亲早晨的叮嘱，让我吃过饭后陪着姐姐把羊群送过河，早出拔芨芨的他在沙窝深处等我俩。

父亲依然是一身破旧的青衣，手叉在腰间，站在一处高地上，对我所在的方向眺望着，姐姐就坐在他脚下。不远处，小小的羊群撒成一片薄薄的白，再远处就是齐人高的芨芨的海洋，父亲心爱的紫红骡子站在那里，悠然地啃着草皮，再远处是一望无际的草原，身后的绿色一派丰沃。

沙蒿丛多数比我高出很多，顺着羊群走过的小路，还没有到父亲身边我已经走不动路了，就一屁股坐在了大地上。远处的姐姐，两个丫角倔强地指向天空，她阴云密布的脸色，很明显对我的懦弱一脸抱怨。

父亲拿来了干粮和水，把我安排在一处高高的沙丘上。他告诉我，若羊群走到快看不见的地方，喊他就行。让我绝不要离开这个最高的沙丘。然后带着姐姐，向拴着紫红骡子的地方走去。

羊群不一会儿就钻进了芨芨滩没有了影子。我极目远眺，视野的远方为什么一片火红！如一滩火焰在远方燃烧，漫山遍野都是，红色如水般漫着，午后如风的蜃景里，红色的原野如一群赤色的烈马，在大地上激烈地奔跑。再高一些的地方，天空的蓝薄了很多，像极了父亲的蓝上衣，经过母亲多年的清洗，变成了薄蓝，就要被破旧的白淹没了，没有一丝本真的诱人。

我已经骑上了其中一匹红色的烈马，居然一点也不曾颠簸，烈马开奔，脚下的大地变成了一条线，远方玫瑰色的地平线诱惑着年少的心，烈马喘息着，奔腾的远方似乎没有尽头。

男儿的志气应该在远方。好像什么时候严肃的父亲看着我的眼睛这样说过。

我听见父亲再一次的呼喊。回过头来，烈马起步的地方，父亲拿着一把芨芨正在声嘶力竭地对我呼喊，我能感觉到他呼喊的急切，却听不清呼喊的声音，是被厚重的空气给压住了吗？

我看到父亲焦急地向我挥手，座下的烈马在远去，父亲的身影开始变小，他不换身的青衣怎么突然变成了土色！他的身影越来越小。我知道他在喊我，却听不到一丝声音，胸腔里有呼呼的风刮过，大地如同母亲焦虑的脸。

我想勒住座下的烈马，才发现手里根本就没有缰绳，眼前的地平线在急速地变小。我突然就长大了，伸出了长长的胳膊一把抓住马鬃，在我拼命的撕扯下，烈马居然腾空而起，我猛然回头，才发现大地上的父亲已经缩成了一个黑点。

震耳欲聋般，我听到父亲在呼喊我的经名，我纵身跳下烈马向大地坠落，惊恐中睁开眼睛，原来是一场虚梦。

父亲的脸离我这么近，我都看清了他脸上流过汗后留下的痕迹。我一跃而起，才发现原来已经是下午了。

父亲忙着给紫红骡子套车了。我茫然地站在沙丘上，远处，羊群依然被苦豆子花的波浪湮没，姐姐坐在羊群边上，远远地，她只剩下拳头那么大的一个红点。

世界太大了，姐姐如一只七星瓢虫那样，在苦豆子花的海洋里醒目地蠕动。

西边远处的山岗上，耀眼红色波浪在下午的太阳下变成了诱人的紫色，色彩更加凝重，衬着近处丰沃的绿色，光彩夺目，令人心醉。长大后我才知道其实那里长满了红杏柴。初夏季节是绿色的，是骆驼的最爱，进入秋天就变成了紫红色，整个秋冬季节，那片大地就穿上了红色的衣衫。

父亲拔下的芨芨捆成了八大捆。他把四捆装上了骡车，让剩下的四捆站成一排立在大地上。紫骡子有些吃力，奋力拉着车子，鼻孔喷出粗重的喘息。父亲舍不得心爱的牲畜负重，就走在骡子旁边，用手扶着车子，拉着缰绳。

我坐在骡车上面摇晃的芨芨捆上，远方那片紫红色的原野使我无法移开目光。

苦豆子花海在灿烂的阳光下蔓延着，浓烈的、有些苦涩的花香中，远方的红在慢慢退却。天空也慢慢变成了白色，明晃晃广袤无边的白中间是一轮黄色的夺目的太阳。

我看着低低的地平线陷入遐想，这地平线外面的世界是不是更加多彩呢！

整个少年时期，我都被这个想法折磨不已。

2017 年 7 月 31 日

三、透明的少年

村庄总是被草海湮没着，尤其是秋天，一年中最丰饶的季节。在我童年漫长的岁月里，家庭一直在温饱线上挣扎。感谢父辈们，是他们的慧眼把家安在了这个被旷野湮没的沙漠边，这里广袤、丰沃的原野给了贫困中出生的我们这一代无限欢乐的童年。

吃过早饭我们就出发了，目标是河西边那些诱惑人太久的金黄色沙丘。每当站在村子里远望，总是被远处绿色拥围中高高在上的黄色沙丘所吸引。金黄色的，像山一样，又像是波浪一样，雄伟耀眼的一片就在距离村子不远的地方。每到黄昏，都会看到牧羊人坐在沙丘上纵情高歌，明亮的夕阳和歌声使童年的我们对那神秘的地方浮想联翩。

终于要去沙窝里玩了。想想那些波浪一样的沙坝头就激动不已。

出主意的是那个来浪亲戚的优白子，据说他家住在黄河边。“黄河是什么东西？”细高个脏兮兮的油胡好奇地问。

我们齐刷刷地把好奇又羞怯的目光对准了优白子。

“就是和那边的黄沙堆一样流淌的河嘛。”优白子得意洋洋地说，“黄河里有鱼，有船，还有光着身子洗澡的女人。”

优白子自豪地说着黄河，情不自禁地就把面孔转向了沙丘的方向。我们一群七八个没有见过世面的孩子围着他听着，船是什么东西，怎么也想不出来。想到黄河里居然有女人光着身子在洗澡，就嗓子发干，不好意思地全部低下了头。

优白子总是挺起他干瘪的胸脯，对我们不屑一顾地说：“你们真是没有见过世面，还是跟着我去沙窝里见见世面吧，去了沙窝，爬上了沙坝就等于你们也去了黄河边。”

我们还在面面相觑，优白子已经迈开步子向沙窝的方向走了。我们只能紧紧地跟上，没有见过黄河的我们，在少年的岁月里卑微了太多。

上午的太阳依然凉凉的，是不是天气阴着都没有留意。只是从那个上午开始，没见过世面变成了一道阴影，藏在了我幼小的心里，很多年都挥之不去。

这里生长着一种俗名白刺的蔓条植物，本性吸收沙土，长年累月的生长后就形成了一堆堆和人同样高的绿色的疙瘩。靠近沙窝的地方是白刺的世界，幼小的我们走进其中很快就失去了方向。正是秋天，白刺的果实熟了，甜甜的紫色浆果使河两岸变成了紫色的海洋。

刚涉过小河我们就惊呆了。时常站在村子里远望，高高的沙丘是被厚重的绿色拥围着，今天到了附近才知道，沙丘的近处原来是一片紫色的沃野。

我们呆头呆脑地，张着嘴巴木然地走着，因为对自己家乡的不了解而堵得说不出话来。优白子满嘴吃着白刺的浆果，嘴角流着紫色的汁液，滔滔不绝地诉说着他见过黄河的伟大。

身后，王鸿儒老汉的鱼塘汪在那里，鱼塘里漂浮着一颗红色的太阳。老汉坐在池塘坝上，戴着遮住整个面孔的斗笠，深情地望着鱼塘里鲜红的太阳，太阳也热情地望着他。大地太辽阔了，王鸿儒老汉和他的鱼塘像一面镜子，居然也无法照亮太多的大地，还有着被绿色的原野淹没的危险。

白刺身披紫色的浆果形成的宏大原野把我们湮没，原野的上面露出一长排黄色的沙尖，像极了母亲做的玉米面馒头，一字排开坐在那里，对我们微笑着，任我们怎样努力也走不到身边。我落在队伍后面走着，突然就沮丧地感到自己的小来。

优白子已经不说话了，满口地吃着浆果，紫红色的汁液染红了他瘦瘦的胸脯，几个伙伴一直在催促他前行，他贪婪着浆果，而我们今天最大的心愿是爬上沙丘看到黄河。

少年的时光似乎有走不尽的路途，任我们气喘吁吁，沙丘依然只看到黄灿灿的脑袋，和蔼地对我们笑着。后背上已经开始热起来了，虽然没有抬头看太阳，却知道已经是日照当头了。

优白子一定是浆果吃得太多了，他紫色的脸上显出干渴的焦虑。他依然挺着见过黄河的胸脯，弓着身子走在前面。紧跟着他身后的金阿里悄悄地回过头，向我们挤着眼睛，我们懵懂地看着他，一脸茫然。

好像已经走了很久了吧，我的两条腿不愿意走了。前方，紫色浆果的河流上，沙丘依然只露出一个黄黄的脑袋，热热的太阳下，对我们不理不睬。这么久的努力后年少的我们并没有靠近它。身后早已经看不到王鸿儒老汉和他的鱼塘了，村庄也不知道藏到什么地方去了。我们已经被紫色的挂满果实的白刺疙瘩湮没。只有头顶的太阳，小小的，挂在南边的天空中望着我们。

就在我们东倒西歪的时候，远远地走在前面，把我们已经落出老远的金阿里和优白子发出了一阵呼喊，原来前面出现了一条河。我们憋了一口气跟了上来。

沙窝里的河流像是什么人在软绵的大地上犁出的一条口子，整齐的沟壑，下面是浅浅的河床。对面的沟崖上布满了红燕子的洞穴，一群红燕子正趴在沟崖上纵情歌唱。

河床上依然怒放着白刺浆果紫色的火焰。寂静的巨伞覆盖着大地。

优白子浆果吃得太多了口渴得难受，他一口气冲了下去，趴在河滩上开始喝水。我们中间不知道是谁开了头，发出一阵哄笑。

看到对面的沟崖刀削般笔立，矮小的我们是绝对爬不上去的。金阿里爬上一个白刺疙瘩对家的方向远望着，一会儿他大声宣布："我要回家，再往前走，走丢了害我妈妈着急呢。"

于是，就不约而同地往回走。

顶着太阳往回走，我才知道晌午都已经过去一会儿了。太阳笑容的碎片撒了下来，暖融融的，整个脸部都被烘烤的干涩。大个子油胡和我被队伍远远地落在了后面。

偶尔，白刺的根部攀着的深绿色的奶瓜瓜挂满了肥肥的果实会诱惑我俩止步。甜甜的、嫩嫩的果子香脆可口。伙伴们都走了，剩下饥饿又疲惫的我和油胡，迷失在白刺紫色的海洋里，享受着奶瓜瓜的美味。

肥肥的奶瓜瓜汁液充沛，植物的奶汁是会蜇伤舌头的。还没有吃饱肚子，舌头就开始发麻。只是精神好多了。我俩跟着地上留下的踪迹继续往回走。

路是越走越远，就连太阳也越加热了起来。被奶瓜瓜蜇伤的舌头，干涩的口腔更加难受。我俩昏昏沉沉地走着，彼此都不愿意说一句话，直到太阳变凉了，眼前的紫色也变薄了，就听到暗暗的不知道从哪里传来了水声。

我竭尽全力爬上附近最高的一座白刺疙瘩。啊，几百米之外是一座平平的沙丘，再远一些，王鸿儒老汉的鱼塘居然汪在那里！

鱼塘依然是一面诱人的镜子，泛着明亮亮的光。再远一些，村庄里那些如豆腐块一样的土坯房坐在那里，下午灿烂的阳光下，村庄满脸安详。

我听到一个男孩子委屈的哭声。循着哭声，鱼塘南边的浅水处伙伴们全部光着身子泡在水里。只有优白子一人穿着衣服坐在河岸上哭鼻子。

等我和油胡几经周折终于走到鱼塘边，伙伴们已经回家了，只有优白子一人依然坐在河边。后来才知道，这个黄河边长大的孩子居然不会凫水，我们那些伙伴们知道他不会凫水后很蔑视他，就把他扔在河边，他们蹚过河回家了，也不给优白子指引绕过鱼塘回家的路。

真没有想到，玩到最后，那个威风凛凛的家住黄河边的优白子居然成了我和油胡的玩伴。我俩可是村子里最穷、最脏、最不受欢迎的孩子啊。

等我们玩够了，绕过鱼塘回家的时候，已经是黄昏了。阳光的黄把整个世界都染成了夺目的黄色。

我突然担心起来，如此宏大的夕阳下，稚弱的我们能走回家吗？村子里传来几声狗叫，似乎是寂寞得无聊才叫的吧，暗暗地，沉沉地。对于我们三个还没有走回家的孩子，整个世界都不理不睬。

2017年8月9日—12日

光阴河里的激浪者

——韦州地区回族经学译著阅读印象漫谈

这几天，偶得一点闲暇，开始阅读这段时间收到的书。几部家乡学人译著的经学汉典摆在了面前书桌上，它们熟悉的封面是这个冬天最美妙的一抹温馨。细细回望，家乡学人的精神财富很早就是我文脉的一个重要的组成部分，写下几段不成型的文字，祝福他们。同时我也想告诉他们，这片热土上就因为拥有了你们，才拥有了更多有价值的回望和更有意义的期待。

一、爷爷那个时代的智者

我八岁的时候被父亲送进了小学。

那时候，还处在艰难的游牧生存环境下的父亲，匆忙地把我送进校门后就没有了身影。刚走出家门的我一下子进入了完全陌生的另一种环境，很是委顿。就这样我开始了与奶奶和哑巴叔叔吃住在一起的，总共两年的学校生涯。

二十多年后，和童年岁月一起留在记忆里最珍贵的是奶奶勤奋的身影。

小时候我一直有尿床的毛病。睡在奶奶身边，漫长的夜里我不敢睡死，总是注意着能多起几次夜，怕不慎尿床被奶奶责怪。

每到清晨，睡得并不踏实的我总是看到，跪在黑暗里，刚做完晨礼拜的奶奶在轻轻念诵着一种悠扬的赞辞。用的是汉语，有着独特的韵律，飘飘绕绕，连续的音节环环相扣，听来有一些凄凉，又诱你静静地倾听，充满了遐想。

奶奶的赞辞使童年的清晨更加安静和美好。似乎空气里有一种馨香，悄悄地渗进童年珍贵的记忆里。

连续两年，我都在奶奶如水的赞歌中开始新的一天，那是一些关于信仰的歌谣，听得久了。自己也就背记了很多。

父亲和叔父都常年奔波在草原上，大伯虽然在村子里也有房子，但职业的特殊，家形同虚设。只有奶奶长期住在村子里，只是那时的奶奶会突然做出决定，带上哑巴叔叔出门，长期地去浪亲戚。剩下读书的我，吃饭成了无法解决的问题。

无奈之下，父亲把我送到了陌生的韦州去继续读书。毕竟韦州有外婆、姑妈和姨妈们，虽然离家乡远了太多，可我上学吃饭的问题总算解决了。

孤寡的外奶奶住在养老院里。我转学到了韦州的回民小学，这一次，我开始了半年和外奶奶在一起的生活。

养老院的大院里，和外奶奶相邻的孤独老人是我朋友希麦的外奶奶，同样的原因，我和希麦成了形影不离的伙伴。

很快斋月就到了，比我大一岁的希麦去年就封斋了，奶奶要求我向他学习，我就也开始封斋了。那一年我十岁，从此我再也没有丢弃过斋戒，哪怕环境再艰苦也罢。

每天五更，奶奶做好了封斋饭才唤我起床，清真大寺正在用扩音器播放赞辞，记忆里的赞辞像水一样在空中流淌，让每个早晨神圣而凉爽。

吃完斋饭，奶奶洗完小净就会跪上她的礼拜毯，一边轻声地念着赞辞一边望着窗外，等待着晨礼拜的唤礼声。

外奶奶念诵的赞辞也是用汉语编写的，依然是熟悉的调子，伴着伤感的韵律，在早晨洁净的安详中缓缓地流淌，我坐在她身后悄悄地跟着念诵，陶醉的念诵中，窗帘透进白光，一天就悄悄地开始了。

有几次，吃完斋饭，我去希麦的奶奶家。希麦的奶奶一袭洁白的盖头，安静地跪在拜毯上，低声诵读着同样的赞辞，也在等待晨礼拜时间的到来。希麦坐在地下的凳子上静静地读书。那一幕如刻如镂地留在了记忆里，令人怀念。

每天早晨，我和希麦走过很长的巷子去学校，同样三三两两走在巷子里的是戴着各色盖头的和母亲同龄的妇女们。清真大寺和回民小学中间隔着一道古城墙，所以念经的妇女和上学的孩子走在同一条巷子里。阳光总是黄黄地照着，那些亲切的身影也就永远光鲜地留在了记忆里。

半年后我回到了父母身边，永远地离开了学校，开始了牧羊生涯。和家人在一起，我突然发现，母亲、姐姐、堂姐都念诵着同样的赞辞，似乎那一抹忧伤的旋律在童年的时代里，曾经浸润过这里的每一方土地。那些年龄阶层不一的妇女们都曾痴迷地，像学习经典一样学习过，并深深喜爱过这些用汉语编写的赞辞。

直到有一天我见到了那本小书。

那是一本浅蓝色，牛皮纸封面，制作粗糙的小书。空空的书皮上写着“伊斯兰信仰论”“海生平著”等字样。

原来竟然有这样一本好书，小得粗糙却被家乡人在一段时间里爱若经典，在一代人那里被口耳传颂。

后来才知道海生平老人就是韦州人，是爷爷那一代的秀才。对于这个老人的故事我一无所知，但他的经堂歌让我走进了另一重世界。

今天细想起来，到手头拿着的这一本，可能是揉烂了四五本后，仅存的一本吧。这一本已经舍不得翻了，只是偶尔拿出来看看，回味它曾经的美好，反思它体现的意义。

二、敬重那苍老的背影

2002 年夏天一个闷热困乏的午后，我骑着摩托车从韦州街向东钻入一条长巷，进入古老的居民区，去看望家族仅剩的两位爷爷之一，我们家族经历最为深厚的五爷爷王凤祥。

与上次来看望相比，五爷爷衰老了很多，矮小的身材、满脸的疲倦让我难忘。坐在炕桌对面的他，没有了往日的行云流水。他正封着斋，当听我说是专门来听他讲家族史的时候，他有了些许神采，简短的交谈后他告诉我，苏本理哈吉已经来找他做过口述，他也同意了哈吉在《韦州回族》中写下关于水套王氏的一章。

面对一脸倦容的五爷爷，这是一个令人振奋的好消息。

那以后我曾多方打听，后来得知苏本理哈吉已经在同心安度晚年。没有机会去拜访，就只能在忙碌的生计中默默地等待了。

期待中的《韦州回族》一直到2008年才匆匆一见。

那是在一位堂叔家里的一堆乱七八糟的书中发现的，是一本粗糙的印刷品。费尽口舌后终于能够借来一看，文字很是简略，能看得出来，有可能是意见稿（后来从苏涛博士的纪念文章中证实了我的印象）。

通读一遍后，很是喜爱。又是多年过去了，我依然清晰地记着书中关于水套王姓武术传承的粗略记载。这可是唯一可贵的书面资料啊。后来书被叔父要去后，没有了踪迹。

令我迷惑的是，我并没有在书中看到关于水套村王氏商业活动的多少记载。遗憾的是，此时家族里经历过家族从鼎盛到衰落的两位爷爷已经相继离世，我对家族兴衰史的追寻成了风中飘浮的风筝，飞向了无奈。

我还是在期待，也许苏本理哈吉那里有更令人欣慰的喜讯。

一直到2015年初秋，突然读到了苏涛博士发在《回族文学》上的纪念文章。我才恍然大悟。

真没有想到，苏哈吉“早年求学于国立陇东师范和兰州大学”而且还“进行小说和诗歌的创作”。读博士的文字令人感动，为了“写《韦州回族》，他一个人孤独行走”。以七十多岁的高龄默默创作。

令人心痛的是第二稿竟然丢失了！

时间在这个点上得到了延接，原来我看到的确实是意见稿。向五爷爷做口述采访是为补充材料做准备，只可惜前行的脚印消失在了无奈的光阴里。

苏涛博士的文章打开了我心中的迷惑，也终结了我的期待。书写家乡史是如此的艰难和无奈。

今晚面对手里握着的笔，我满腹辛酸。水套王姓那些文物级别的老人们都已经去了另一个世界，我来得迟了许多！

这几年我突然感到了一种紧迫，我们的前辈们都是目不识丁的劳动人，偶有识字的人也没有书写的传统。我们的先人自从在这片土地上定居就开始丢失历史，经过晚清以来的多次社会变革，我们成了底层的浮草，眼望着传统的遗失无所作为。今天面对社会转型的步伐越来越紧迫，我们找不到正在失落的、传统的根脉。单纯的宗教说教又无法弥补历史缺失的黑洞。面对危机，前方只有苏本理哈吉一人单薄的、悲剧式的背影。匆匆一见的《韦州回族》我多方打问竟然再也没能找到一本。

年初以来，韦州要改建旅游开发区的宣传越来越响亮，传统居住格局的被强行打破已经迫在眉睫，我们已经走向孱弱的传统能扛住这重被从内部解构的危机吗？

确实文本历史的危机已经迫在眼前。谁，才能在这关键时刻拿起笔，如苏本理哈吉那样，克服艰难为我们保存传统的样本呢？

三、圣训学领域的翻译大家

记忆的门还得从十七岁打开。一天和两个朋友一起走出清真寺西门，到岐爷开的小铺子里买瓜子。那时候岐爷的身体还很硬朗。浏览铺子货架上的零食时，发现竟然摆着一部用厚厚的牛皮纸包着的书，随手翻开，书很旧，却保存完好，是一本《从穆罕默德看伊斯兰教》。再翻，原来是两本书订在一起，后一本书是《回教真相》，那个时候的我不知道这不但是在那个时代里大名鼎鼎的书，也是两本改革开放初期出版的、珍贵的图书版本。

爱不释手，对未知领域的无限好奇促使我纠缠在了岐爷的百货铺子里。

岐爷告诉我，他在改革以前一直是村里的干部，年轻气盛，在时代的驱使下，做了很多错事。改革开放以后他已经有了年龄，很后悔自己的曾经。村上著名的奴哈阿訇知道后送给他这两本书，他就是读着这两本书一步步回归教门的，从阿訇给他赠书到现在十八年了，他坚持每年都把这两本书读一遍。这是他的最爱，所以不能借给我。

我用尽一个月的纠缠最终拿到了这两本书。

那是一个温暖的冬天，我第一次走进了圣训的广博世界。我背着一部字典，买了笔记本，放开羊群，躲在沟坎下读书，抄写。

被一个一起放羊的阿訇发现了。看到我如此痴迷，几天后，他给我找来了一本书。

粉红色的封面上，一座宏伟的清真寺被灯火照的通亮。封面上面是用优美的阿拉伯语书法写的阿拉伯语书名，下面是汉语书名“穆斯林的修养——脑威圣训精华”。书已经被翻得松散，封面上开着一道长长的口子。虽然是一本破旧的书，我依然稀罕之极，拿回家后，做了仔细的修补后开始阅读。

阅读余阿訇翻译的圣训就这样开始了。那本书很快就被我翻烂，多方寻找又得到一本，结果又被我翻烂。一直到几年以后，我费尽周折才再次找到一本，再也舍不得翻了，就放在书柜里，当作对那段青春的一段纪念。

一直到两年后，偶然在海坟清真寺买到余阿訇曾风行一时的《穆宛塔圣训集》汉译本，才知道翻译人穆萨就是当时声名鹊起，被称为韦州青年阿訇界一匹黑马的余崇仁阿訇。相对于《穆斯林修养》我更喜欢这一册《穆宛塔》，封面是麦加圣寺，译文轻快，并带有简略注释，内容一目了然，阅读畅快舒服。

从那时候开始，对余阿訇辛勤的圣训翻译更多地关注和期待起来，后来有余阿訇翻译的五大部中的两部我都是从民间刊印的意见稿阅读的。再后来，大红大紫的五大部在国家权威宗教类出版社出版。

直到现在，宗教文化出版社的网页上，余阿訇翻译的五大部依然是重点推荐作品。

有时候走在韦州那些土黄色的小巷子里，看着匆忙的人群，你难以相信，就是从这里走出了全国知名的圣训翻译大家。

冬天，在北京中关村图书大厦买书时，顺便浏览一下宗教类书架，余阿訇的五大部赫然站立在书架的最高处，在下面的书层里又看到了金忠杰博士去年的新书。一下子，被黄土淹没的家乡似乎走到了面前，家乡已经不再灰头土脸，而是一身正气，为他有这样优秀的儿子而信心满满。

也许世间的事情总难圆满吧！

余阿訇的《穆斯林圣训集》刚出版我就到手一部，翻阅之余，竟然不是艾勒·巴尼考订本，也不是数字索引本，而是最原始编排方式的章节为纲目的记录本。像我这样的非专业读者，想在其中查阅一段相应的圣训如大海捞针，后来连续的四本出来以后，到书店里打开一看，全部是统一的编辑版本。

在这个重部头文献以数字标注索引的时代，余阿訇的重量级圣训集与我们有了太多阅读距离。这样的版本当工具书查阅很难使用。遗憾之余，余阿訇五部重量级圣训译本到现在也没有上我的书架。

当然更重要的是我个人的经济原因，毕竟六百元的书与我的能力还有很大的距离。

余阿訇是伊斯兰汉语经典在祖国公开出版的先行人物，这几年一直期待他的《穆宛塔》能够公开出版修订本，就已经得到翻译的最原始文献，《穆宛塔》是最值得期待精装本的。

几年前曾见过韦州另一个阿訇翻译的《米什卡提圣训集》，这部著名的圣训集我曾连续读过三种汉译本，相对两位河南阿訇，我最喜欢的还是苏泽儒阿訇的译本。只是这部译作如昙花一现，再也没有看到。

四、从家乡走出的一匹黑马

2013年清真书局门户网站、中穆网等几家有全国影响的网站一起在热推一部很厚重的著作《〈古兰经〉注释研究》(社会科学出版社2012年10月出版)。

“本书是国家社科基金青年项目。史料证明,《古兰经》自问世以来文本从未变化,变化的是对它的注释。因此,自伊斯兰教先知诠释《古兰经》伊始,历代注释家基于经训原则,秉承注释学术传统,发扬文化创制精神,与时俱进地注释着《古兰经》的微言大义,揭示着《古兰经》的经义经旨,从而使伊斯兰教始终顺应时代发展和社会进程,使伊斯兰文化生生不息,不断发展。《古兰经》注释蕴含的文化性、社会性、思想性和时代性,很大程度上决定了《古兰经》及其注释,是宏富博大的伊斯兰文化缩影。”(清真书局门户网站,推荐语。)

这是唯一一部用汉语写出的《古兰经》注释学研究专著。六百多页的厚度,拿在手里,如其所描写的学科一样沉甸甸地令你叹为观止。

后来听挚友胡塞尼说,其书作者金忠杰博士是阿訇出身,父亲是韦州地区老一代的名阿訇。金忠杰本人拥有一手极棒的阿拉伯语书法,因为学习优异,后来争取到公派出国留学的机会,回国后在宁夏大学工作,其学位是阿拉伯语言文学博士。

就朋友的这段介绍一眼就能看得出来,金忠杰博士这样的人才在全国也是为数不多的。

为家乡能够出现这样一匹黑马而骄傲。

去年秋天,在新疆回族作家学者笔会上与著名的丁仕仁博士相遇,其时,金忠杰博士的翻译大作《心灵的揭示》刚刚出版。一天晚上,陪丁博士散步的时候聊起了金忠杰博士和他的作品,丁仕仁博士说:“金博士,人年轻,学养深厚,为人又勤奋,动笔时下手极快,是当代穆斯林学人中我最看好的青年人之一。”

家乡学者被兰州大学伊斯兰文化学院的领头人这样评价，令人自豪。

从有关他的资料上看到，金博士的作品还有多部，都是这几年出版的。起点很高，产量又大，就如他身后的经学世家一样，给家乡后辈学人树立了一面旗帜。

深感遗憾的是至今我只读过金博士的两部著作，人也不曾相识。但我期待着不久的将来，能够看到金博士有更多作品出版。也祝福他能够坚持以往，为家乡，乃至全国的汉语伊斯兰文化学术做出应有的贡献。

五、边缘线上的奋斗者

2009 年，一部名为《不要忧伤》的书在圈内被广泛传阅。这是一本心灵鸡汤性质的书，也是因为公开出版而带有某种意味的书。随着这本书阿伊德·哥尔尼的名字走进了中国回族读者的视野。

凭借他娴熟的鸡汤手艺，阿伊德·哥尔尼的汉译本曾风靡一时。我们能够看到的除了《不要忧伤》还有《世界上最幸福的女人》《不要生气》《心语》等，全部出版自甘肃省内的出版社，全是手艺考究的心灵鸡汤。

伴随而来的回族学书籍的大批量公开出版令人鼓舞。作为在沉重历史节点上出生并长大的我，也可能天生就携带诗人式的忧伤本性吧！阿伊德·哥尔尼的心灵鸡汤让我反感透顶，到现在为止，他的《心语》我都没有看一个字。听到坊间有一位弟弟正在尝试翻译他的《致青年》，我直接视其为不务正途。面对传统的被解构，新一代陷在失落过去，前方迷茫的今天。“不要忧伤”“不要生气”就如一个小女人，让人爱恨难言。

恰恰事出意外的是，2014 年清真书局热推的一本书《教法依据查询手册》，署名也是阿伊德·哥尔尼！这个土豪之国的鸡汤大师竟然有教法著作！令我感兴趣的是，他的鸡汤既然能够公开出版，一路走红，偏有这一册用的是香港书号。

鸡汤大师的教法学，公开出版后面的内印本，都促使好奇的我买了这一本。

翻开书随便读了几页，一篇《译者序》令人心酸，从行文看这应该是一篇后记，却被用作序言。最令人惊讶的是，序言后面的署名地址是韦州。

韦州竟然隐藏着一个默默译经的念经人！从严肃的学术层面来说，专业的学术译著当然要有有分量的绪论，专业的，尤其是纲领性的行文必须要有详尽的注释，尤其是《教法依据查询手册》这样专业又前卫的文本性著作。这本书全部缺失，而且从把后记放在前言的位置来看，译者绝对是一个完全的新手。我甚至猜想，译者是一个很少阅读国家正规出版的重量级别学术著作或译著的，只在原始经典上下苦的青年阿訇。

精神令人敬佩，缺憾令人惋惜。民间出版从翻译到集资再到出版的艰难，出成这样真的太可惜了。

意外的是，后来发现很多经书铺子都在卖这本书，作为同一片土地上长大的同一代人，一直期待着这本书能够很好地审定，能够再版。毕竟心血已经付出，再有百分之二十五的劳动，成果就完美了。

直到 2016 年夏天和挚友胡塞尼西行临夏，才从他口中得知，《教法依据查询手册》的翻译人马泽俊阿訇是声名远播的萨拉老太爷的后代！暗暗吃惊，曾经认识一个名叫马经理的青年阿訇是萨拉老太爷的重孙，原来还有一个更优秀的马泽俊。

从此对马泽俊有了太多的期待。

几天前家乡学子创办的微信平台推荐了一本名为《后世之旅》的书。作者是另一个声名远播的鸡汤大师阿布杜·拉赫曼·阿利菲博士，译者是青年才俊马泽俊阿訇。

这个阿利菲博士有一部汉译本《享受生活》曾在甘肃公开出版。因为初版是删节本，译者很是气愤，最终大闹出版社，引起轩然大波。因之终结了甘肃能够顺利出版回族学术图书的势头。据说甘肃出版社之间达成了共识，绝不再出版有关伊斯兰教和穆斯林的图书，也不允许已经出版的图书再版。

对那个翻译人在那件事情中的恶劣行为的憎恶促使我拒绝阅读《享受生活》。每次看到书架上排列的诸如《天启宗教众先知史》《真友心语》等一些甘肃出版的书，总是默默遗憾，多难得的出版机会啊，竟然被自己人毁于一旦。

一周前《后世之旅》摆在了我的书桌上。的确是一本设计印刷都精美的书。扉页上的签名是“敬请诗人王学军惠存并雅正——马泽俊”。很显然是敲惯了电脑的手写下的字。

这是一本我准备精读的书。

和阿伊德·哥尔尼一样，阿利菲博士因为《享受生活》也一直被我主观的归类为心灵鸡汤方面的大师。但是这本书却命名为《后世之旅》！很明显，在民间奋斗的马泽俊阿訇有着和别人不一样的审美和目标。他不是那种为名利而译经的人，他总是独到地选择着蓝本，名家的、前卫的，也必须是解说和建构信仰的文本。

《后世之旅》是一本诠释信仰领域未见知识的书。和以往所看过的有关信仰诠释的书不同的是，这是一本条分缕析却不强加于人的书，本书对伊斯兰信仰中的后世领域做了精准的阐述。它不喋喋不休的说理，只是紧抓经训依据，因读者人群的不同而稍加发挥，内容总是点到为止。使阅读不枯燥，是真正能够一册在手、总览全局的好书。

内容编排层次递进，行文简洁干净，文笔优美，能感受到译笔文风的自然顺畅，通阅能够让你领略大家手笔风采。

一书读完，荡气回肠。可以说这是一本恰逢其时的书。对未知领域的苦涩解释早已经无法更好更清晰地进入人们的认识领域了。那么让人们来读书吧，这样的好书，为我们解决了紧迫的燃眉之急和后顾之忧。

从《教法依据查询手册》到《后世之旅》，让我们看到的是一个勤奋的，有时代担当，有深厚责任感的马泽俊。

与金忠杰博士相比，马泽俊有着更深厚的家学渊源和经学传承。萨拉老太爷是一个开创局面、创造传统的人，今天韦州教门有如此的格局他功不可没。只是太遗憾，如同开创了韦州地区经堂教育的海东阳老人家一样，萨拉老太爷的精神遗产并没有被后代总结和书写。在被世俗冲击下的当代，传统正被解构得体无完肤的时候，在长久的沉寂之后，毕竟我们看到了韦州学人团体的崛起。从余崇仁、金忠杰式的能够公开出版的学人到马泽俊、马学增这样在民间默默耕耘的阿訇。他们义无反顾地拿起了笔。拥有了它们，韦州这片古老的大地上就有了更多的期待和希望。他们的笔将使精神的韦州永不陨落。

六、阿訇精神的传承者

2016年夏天的某个晚上，挚友胡塞尼请几个朋友一聚。初到场的只有苏涛博士兄弟俩和我，久别重逢间互相开着玩笑，寒暄着喜悦。胡塞尼说还有一位朋友未到，我们就一边等待一边闲聊着。友人相聚总有说不完的废话。

迟来的客人叫马学增，一个谨言慎行、彬彬有礼的青年阿訇。我敏感地感觉到，初次谋面的马学增拥有和他的同行们不一样的格局和品质。

他一身正装，面带微笑，举手投足间投射出一位朴素、低调的学者所秉持的修养和举止。

苏涛博士是青年才子，谈笑风生，举止风流，我胡扯着文学和家乡情感等一堆空而无用的废话。我们之间甚至抬起了杠，时间总是悄悄在暗处开放花蕾。

坐在身边的马学增阿訇寡言而不失风度，简短的交流间，我看到了他面容上特有的光亮。他是那种坚守更多古典风格的人。儒雅的谈吐间，散发着深厚的学养。静若处子，简短的几句话又落地有声。我猜想他斑驳的双鬓正是皓首群经的佐证。

饭间，苏涛博士给别处打电话，询问马学增阿訇译著的出版进展。学增阿訇也坦言，他翻译的《伟嘎耶教法经解绪论》正在出版中。于是话题也就向马学增阿訇的译著作品倾斜。交流之间才得知，马学增阿訇已经完成多部经学著作的翻译，正在努力出版中。

能看得出，他不是那种收入丰厚的阿訇，就对知识的不倦追寻，我们可以放心地把他定位为一个默默的坚守者。在这里，他和他的同行们在内里暗藏着距离。

时间如风，人总是在生计的泥潭中随风飘荡。2016 年的大半部分，我只字未落。只在生计的泥潭里挣扎着，任时间如风无奈流逝。

很快到了年底，在我就要动身北京前的某个晚上，又一次和挚友胡塞尼在韦州的一家麻辣烫小店相聚。他拿出了一本书递给我。

是马学增阿訇出版的第一本译著。

洁白的封面上是抽象化的清真寺穹顶图案。奇怪的是，竟然是“哈奈菲学派作品系列（二）”！有二就有一，胡塞尼说，一还在出版中。只是学增阿訇是那种在知识的海洋里徜徉，不善于营谋的念经人。他又是自费出版，其中甘苦，尝者自知。

遗憾的是我已经没有时间拜读马阿訇的心血之作了。放在书架上匆匆北流，向又一个求学的光点奔去。鲁院回来后，我很感恩得到了一段闲暇，就把整个身心都投入了读和写的旋涡，时间的风声更加匆忙，直到一周前收到马泽俊阿訇的新书，才放下手头的阅读和写作，开始把两位马阿訇的译著一起阅读。

《伟嘎耶教法经解绪论》是一本极端专业的书。它的内容直指教法学中的文献学。作为伊斯兰学问中的显耀学科中的教法学，从一开始就是文献的海洋，而马学增阿訇的译著就是一部航海的指南。一册读完，那些动辄十几厚册的教法学大部头如排演中的士兵，在你的脑海里排成了有规则的序列。

为马学增阿訇独具慧眼的蓝本选择点赞，对于一个学人而言，尤其是伊斯兰领域，面对堆积了一千多年，一代代学人的心血之作，一个不具备文献学知识的人会很容易走入迷宫。而就教法学领域的学人辈出和典籍浩繁，一个学习教法学知识的人，若不具备文献学素养，就有可能会陷入典籍的海洋，一生也很难有所突破。

所以，马学增阿訇的奉献令人振奋。

接触写作三年多的时间里，结交了一批对我影响深刻的人，从新月奖评委、南洋才子衷晓炜到出生山东的黄德海，再到出版界的黑马金马洛，他们身上都有浓烈的儒士风范。言谈举止间，深厚的学养，高远的目光，都令人感佩。似乎在茫茫的俗世里，拥有了他们，就拥有了某种平衡，逼你反思。

回望阿訇群体，马学增这样的阿訇给了我们更多渴望。与马泽俊阿訇那种选择蓝本的前卫标准相比，马学增阿訇回望的是更深层的经学传统。其译著系列《艾布·哈尼法传》《新编哈奈菲教法》和手头这本《伟嘎耶教法经解绪论》，无不向我们展示着已经传播千年的经学传统的样貌。在解构学兴起的今天，古典资质的马学增走的是一条孤独的路。但就今天经学传统所面对的后继乏人的局面和挑战，马学增的努力显得难能可贵也无限高大，因为我们这个民族的所有精神财富的源泉都深深扎根于传统。传统却面对着被解构、被曲解、被丢弃、被遗忘的悲哀。

韦州地区拥有独具慧眼又孜孜不倦的马学增，我们是幸运的。当时间的浮沉散去，后辈学人回望的时候，定会肯定马学增阿訇的辛勤耕耘和总结马学增阿訇译著的意义。

今天我们祝福马学增阿訇，期待他能矢志不渝地坚持下去，也期待有物质能力的家乡人去大力地资助他。毕竟传统经典的汉典重构任重而道远。

七、结语，祝福韦州，从衣食到精神的家园

年初的某个正午，和堂弟一起爬韦州的古城墙。登高远眺，如笔的康济寺塔站在原初的地方向我微笑，远处的喇嘛塔淹没在紫瓦房的繁杂中，只露出了一个尖顶向我招手。前方耗资几千万的清真大寺正在拔地而起，南边荒凉的公墓里，黑压压的人群正在送葬。人工的鸳鸯湖汪在那里，如一只失神的眼睛，木然地回望着这片古老的大地。

细想起来已经十五年没有登这段古城墙了。外奶奶已经去世多年，家族经历最丰富的，最后的三位爷爷也睡土在了韦州的公墓里。脚下，我曾经在这里读过半年书的回民小学也摇身变成了一座丑陋的政府办公机构。

美好记忆的无奈凋敝，使我每次来韦州，都孤独地不愿意停留。

到处都在流传韦州要改建成旅游度假观光小城的消息，心里掠过一丝凄凉。面前是如浪的紫瓦房的海洋，夹带着几条古城墙。城墙横亘在居民区中间，把小城分割成独特的居住格局。这样安静、适宜居家的小城就要被强行改变了吗？

眼前的视野真的要消失了吗！

这是一座被文献遗忘的小城，只是粗略地知道，康济寺塔建于西夏时期，如今寺毁塔在。喇嘛塔建于元代，同样也是寺毁塔在。清真大寺经过一再翻建，文物流失，已经无法实证历史。只有这座小城的居住格局是经过近七百年的历史遗留下来的，自然发展的历史见证。

一旦建设旅游小城是否会改变一切。这比邻而居的血脉亲情格局，这职业传统的文化格局。这经过多少代人才留下来的绝无仅有的教门气候，在这个造假风行的时代，传统的凋落是如此的普遍。

真担心在这片大地上生存的亲人们，遭遇到那样的一天，就像这个国家的大多数地方一样，人们除了金钱，只剩下干瘪瘪的灵魂。那样的状态将失去希望。

当然在社会大转型的前夜，我们不该悲伤。毕竟这里曾经是伊斯兰经堂教育的一块圣地，这里安眠着经堂教育的集大成者海东阳。毕竟在这里萨拉老太爷实行过文化改革的壮举，毕竟这里培养出了驰名宁夏中部有青年阿訇界“四大金刚”之称的四匹黑马，毕竟这片大地的儿子中间拥有余崇仁、金忠杰、马泽俊、马学增这样一群才俊。

细数下来，如苏涛博士，民间学人胡塞尼，拜勇导演，丁力老师，马相红阿訇，在外的学子莉娅、苏厚清等一批出众的才俊正在崭露头角。

我相信，过不了多久，我们定能看到更有分量的、韦州学人的作品大量出现。

物质化的韦州不值得留恋，精神性的韦州正期待书写。

2017 年 4 月 10 日—16 日

无悔的追寻

——马绍埔及其巨著《回望关川》简析

经过这十几年来的阅读经验，我越来越确定地相信，人和人的相知相识要凭借缘分，人和书也是，与一种思想、一部文本的相遇到最终能否受益，都是冥冥中的定然，是可遇而不可求的。

而立之年之后，我一直在寻求一种文本，身为回族，身为穆斯林，面对越来越严峻的诠释危机，我总是一厢情愿地认为，一部好的，能经得住时间考验的回族文学作品，当写出这个民族当下的发展困境，这个民族更底层的活动样态和更惊心动魄的为生存而奋争的故事。若还能附加一条的话，我盼望能对这个民族的未来做出展望和思考。

我放下了自己最喜爱的张承志，开始到处搜寻。尤其是回族写作圈子，从声名鹊起的作家到默默无闻的写手。

这样的追寻给了我很多意外的收获，却也失落满满。

毕竟作为中华民族大家庭中人口只有千万，且大多数散居的回族，在洋洋十三亿人口的祖国是微不足道的。但相对于人口不到千万的以色列人，给人的失落无法言说。

我相信，就遍及全国的回族学人而言，一个张承志是远远不够的，更旁论那些只打雷而不可能下雨的在天上飘浮的神圣言论了。

文本并不稀缺，从老一代作家的《穆斯林的儿女们》到红极一时的《回族人家》（我没能找到马知遥老人的《亚瑟爷和他的家族》）。追寻到最后，我把目光放在了《回望关川》上，就如一个哲赫忍耶学派的追随者，千里奔突后把心灵归向原初的发源地。

在文学这里，就如中国回族的近代史一样，关川无疑是最恰当的中心。而关川流淌的故事远不为人所知，总结更无从说起。就目下而言，我们又是何其幸运，我们的群体里在张承志之后毕竟出现了马绍埔这样的一匹奔驰的黑马。经过十年的苦心孤诣，毕竟产生了《回望关川》这样厚重的鸿篇巨制。

偶遇马绍埔其人，是偶然更是必然

《回望关川》的作者简介是这样写的，马绍埔，甘肃会宁人，1993年毕业于甘肃靖远师范，1998年毕业于新疆师范高等专科学校，现为尼勒克县第二中学美术教师。基本和写作、文学没有一点关系。所以，一个美术教师的皇皇七十万字诱人遐想。

不由得想起一段往事。

那是2014年的夏天，我正在羊群里挣扎。初秋的某个月朗星疏的夜晚，羊群安静下来以后，我打开手机，进入一个讲述明清回儒著作的QQ群。那个晚上正在讲《天方性理》的西部侯爷阿訇并没有讲经，只是有一个叫唐古拉野马的平时一直潜水的人在滚动播出一则消息：

“青年教师马绍埔历经十年呕心沥血，终于完成了七十万字的巨著《回望关川》，本书以非虚构的笔触重构了清朝末年回族人重回关川圣地并最终与当地汉族人水乳交融的可歌可泣的生存故事。马绍埔历经十年踏访当地遗老，翻阅地方志书，寒来暑往五易其稿，终成此书。此书深入地总结了一代大师马元章上人的思想遗产，为回族人的当代困境做出了有力回应，是一部真正的后《心灵史》，也是当代回族不可多得的一部长篇小说。目前已由现代出版社出版，敬请购买支持，定价68元。”

之所以几年后还能清晰地复述这段文字的原因是，这段文字所推介的和我当时正在努力寻找的书完全吻合。但疑问随之而来，马绍埔是谁？他能够写出这样的作品吗？百度一下，没有任何信息，我深深地怀疑其消息的准确性。

那个在 QQ 群里开讲的阿訇是南方活跃的经贸翻译，很多人撺掇他买一百本送给大家阅读，他不为所动。

也曾向西域侯爷阿訇打问过马绍埔其人，他含糊其词。再从清真书局查找，也列在冷门书中。那时穷困的自己，七十元的小说又奢侈得买不起，也就不了了之了。

世间的事情总是出人意外，2014 年我也开始尝试文字了，于是被拉入了云集穆斯林写手的端庄文学群。

又一次与马绍埔在网络里正面相遇。

其实，能够相遇端庄，使我对马绍埔的好奇似乎也得到了几分消解。向他咨询《回望关川》的销售状况，原来他正在慷慨的赠书活动中。

一周后，我也有幸收到了马绍埔从新疆邮来的书。

那天早晨，我正准备出滩去放羊，弟弟骑着摩托车赶来给我送刚收到的书。接过邮包，一本砖头一样厚重的书就拿在了手里，沉甸甸的感觉很是温馨。赶紧放下了手头计划中的阅读，开始了有太多期待的《回望关川》之旅。

> 马绍埔生于关川，长于关川。就他的创作来看，他离开关川在外经历了世事后才回望关川的。他由此进入另外一个意义上的关川，故乡的关川和精神的关川。这种进入是一种回溯。在精神源头上回溯，意味着对生命本身更高的认知，这种认知是由切入到鲜活的历史中被激发出来的。
>
> 张存学《回望关川·序》第 1 页

这样的解析诱你深入。洋洋洒洒七十万字的关川究竟有着怎样的深奥，马绍埔的精神回望将给你怎样的期待！

正是绿野漫天的季节，羊群散开后，我躲在沟坎的阴影下，游历古典的关川。是的，就是古典，那个我们的生命来与斯并在曾经的视野里矗立的古典关川。

一幅清末民国年间的底层生活画卷随着砖头一样厚重的《回望关川》徐徐打开。突然就想起了读过的一段文字：

> 走到了此时此刻，达到了如此火候，我突然发现问题从零点又在向我提出来了。
>
> 张承志《心灵史》，第 286 页。（海南版，1995）

这是张承志老师对清朝覆灭，回族迎来百年不遇的生存机遇时，所写下的一段文字。

是的，这个民族的所有故事都肇始于生存的命题，这就是问题的零点。

清末，回族人在屠刀下残喘的余隙里，生存的坎坷与艰难，《回望关川》的第一部分（一到八章）为我们如刻如镂地展示了那段苦难的沉重。最令人动容的是精英阶层的漫漫复兴之路。在物质匮乏、百废待兴的基础上，上层人士的认知价值的凸显令人心潮澎湃。在马绍埔这里生存的苦涩得到了极致的书写，阅读之余，悲情的反思是这样的情不自禁。

> 让读者看到该学派在中国的革命，建设历程是与社会良性互动的积极因素之一。
>
> 杨学林《哲赫忍耶·绪论》第 3 页
>
> （宁夏人民出版社 2010 年）

这段由杨学林先生提出的论据在《回望关川》的第二部分（九至十三章）得到了广阔的令人满意的诠释。

> 《回望关川》值得我去为之献出青春的最关键因素是，她的所有故事都是真实的，曾经在这片热土上发生的，后来经过一再

走访得到我确认的，写下这些故事是我的宿命。

（2016 年 10 月，回族作家笔会期间马绍埔对我说。）

人民的丰富性，语言的丰富性，地理的丰富性，历史的丰富性，使我在阅读这一部分的时候都没有感到时间的流逝。马绍埔如一位长者，在你的身边用你所使用的语言，讲述曾经发生在你身边的故事，血肉丰满，悲喜交加，苦难和光点在同一页面上流淌。

我看到关川回汉相容，集市红火！这就是胡大赐予我们的平安和幸福。

西吉滩马四爷《回望关川》第 581 页

马绍埔这样给他的巨著定位。

回族是中国最为特殊的民族之一，融入在几乎所有有汉族生活的国土上，这个因为信仰而被划分的群体，其生存、兴旺、持久发展和汉族息息相关。与汉民族关系最融洽的时候也是我们发展最好的时候，与汉民族隔阂最深的时期就会造成无限的苦难。

《回望关川》的最后部分，书写了回到关川的回族人和当地汉人水乳交融，同舟共济的故事。事实证明，在那个相对封闭的时代，和睦相处的小环境里，外部世界的动荡是可以回避的，乱世里艰难的生存成为了可能，也容易了许多。

一部《回望关川》读罢，清末、民国普通老百姓的生活图景清晰地展露在读者面前，生存的画卷展露纸上，令人久久无言。通过马绍埔的文字，你会发现，整个甘宁的大部分近代回族史是紧密联系在一起的。

隐秘的内部活动如水紧紧围绕着中心流淌，而中心就是善名远播的马元章上人。

那个在屠杀过后的萧瑟大地上的坚强复兴者，那个更深刻地诠释了生存命题的伟人，他的存在是中国回族史的古代与现代之间的分割线，因为有了他，近百年的回族隐忍复兴成为了可能也取得了成功。《回望关川》为我们做了更具体的详细的解说。

初读之后对马绍埔产生了太多疑问，是什么机缘促使他写出了这样的书！他并没有把自己定位为作家，也没有在任何刊物上发表过一行字。

皇皇七十万字的《回望关川》有着不为人知的成书机缘的。另一个疑问是为什么是他，关川或者马绍埔都令人意外，我们期待了更多可能，恰恰声出期待之外。

于是，期待与马绍埔的一面之缘。

2016 年 5 月，马绍埔联系，期待一起去鲁院，我的名额无法确定时间，无缘于北京之约。一直到秋天的回族作家笔会，才终于相会于新疆的昌吉。

初到乌鲁木齐的那个下午，我们来自宁夏的几个人跟着《回族文学》的韩爱强编辑刚匆匆赶到，远远地就看到马绍埔站在车门口向我们招手。

他身高一米八零，人高马大，斑驳的头发，一脸沧桑，初次接触，其为人并不很健谈，只是憨憨地笑着，具备十足的兄长魅力。

匆忙一周的接触中，他告诉我如下消息：

他出生在关川，父亲在他很小的时候远走新疆，他在外公身边读完小学后远赴新疆，因为年少调皮，青年后逃学再回关川，在靖远读完师范。工作后一帆风顺，三十岁后因为一次投资失败步入人生低谷，困顿中再回关川，与年迈的外公朝夕相处间开始大量接触到古典关川的故事。

当知道老辈人正期待有人能写出他们曾经的故事时，他迎难而上。七年间他走遍了甘肃大部分地区和宁夏南部的沟沟坎坎，收集藏在民间的资料，拜访遗老，踏访故事发生的地理，并查阅地方志书，克服自身的惰性开始写作，初稿一百二十万字，历经四年五易其稿，才成现在的书型。

书写期间受访人的相继离世令他背负沉重，等漫长艰难的书写终于成功时，他几乎崩溃。这几年一直被抑郁所困扰。书已经出版两年，他的身心还没有得到完全恢复。

马绍埔告诉我，在书写的关键时期，因为长时期的熬夜和压抑，他性能力全失，整月的失眠，头发脱落得厉害，他突然失去了信心差点儿放弃，是他的老师高振茂及时的鼓励令他坚持了下来。直到书写完成，他才发现竟然十年一瞬。

为了能让《回望关川》顺利面世，他的弟弟妹妹慷慨解囊，他在北京打拼的堂姐、西部马华餐饮公司总经理多方奔走，并大力资助出版。

终于，《回望关川》于 2014 年 5 月顺利出版。

冬天，我还在鲁院的时候，马绍埔兄给我发来信息，他把第一版的三千册书基本全部免费赠阅了，托我写评，甚是惶恐。对于诗歌和散文我还能应付，而评论我是完全的门外汉。

最近一段时间向我打问《回望关川》的人越来越多，第一版书已经告罄，马绍埔兄已经开始考虑校订再版的问题了，既是朋友所托，我就想把对《回望关川》的阅读与感受写下来，以便让更多的人能借助《回望关川》走进那段被我们忽略的历史。借着马绍埔兄的辛勤描述，站在关川的山河上，观看和思考我们生活的大地和应该怎样去面对越来越严峻的生存考验。

《回望关川》中的书与画

《心灵史》之后的二十多年里，这是唯一一部真正意义上的，关注回族文化与生存的史诗性、总体性的小说文本。

读惯了那些浮躁的个人化的、低迷的、世俗的、为上层立传式的写作方式，《回望关川》这种细腻的底层叙述令人亮眼。甘陇地区，这个对外界陌生的，历来就是民风复杂，回族聚居，苦甲天下的所在，在马绍埔笔下一览无余。

清同治年间的天下大乱使西北一度成为重灾区。十几年的乱世之后，《回望关川》的故事图景从这里徐徐打开。

星罗棋布的村庄，隐秘得只有穆斯林自己知道的文化和血脉地理世界，不为人知的历史契合点都从这里为你慢慢道来。

回望过去在清政府统治下西北回族人遭遇的伤害和屈辱，沙沟老爷感慨万千，可是关川到现在还没有一户回民，如何能让回回人在关川重新扎根立后呢？长久积累下来的坚冰一样的隔阂和误解怎样才能消除呢？每当闲暇时沙沟老人家就思索着这个问题。

《回望关川》第 13 页

从这里我们能看到回族领袖人物对能够在关川存在所抱持的忧患意识。关川，哲赫忍耶学派的发祥地，曾经失去了的苦难的精神家园，先人掩埋忠骨的圣地，再次回到历史的新起点上成为了那一代人的使命。作为民间普通的一分子，再次回归故地将是何等地艰难。

清末的回族伟人马元章上人却披肝沥胆地实现着他的天命。

马元章的走坊已经成了一个大大的传奇。西海固每个角落的农民，都记着他骑一匹老马，念着《古兰经》一路走来村里的情景。他的读经，看书，甚至诗文写作，都在那匹走坊的老马背上。就这样，沿着黄土峁梁的羊肠小道，骑在一匹老青马上，他的形象也就被塑造完成。

《心灵史》修订本，民间印本第 227 页

这样的文字，似乎是在描写某个中亚国家的民间智者，可是，他就在甘宁苦难的大地上，那个清朝覆亡、民国纷乱的时期。如果说《心灵史》的文字没有确指一时一地的话，那么，《回望关川》中马云骧的经历给了我们明确的地理与方式。

马云骧，祖籍长安县，其父马长安是个著名的棍手，在伏羌地开着粮行，晚清后期，伏羌出现屠杀回族的状况时他挺身而出，他忙于救人，家人被屠杀。出逃后加入李德仓的起义部队。李投降后，他被安置在张家川

鹿岔沟，后娶本地女，生养了一对儿女，在这里残喘生息。

清光绪年间，民间广种鸦片，接连发生旷日持久的干旱，最终成灾。

由于地方官吏的昏聩无能，奸商的唯利是图，地主的贪得无厌，将所有良田广植鸦片，因此民无存粮，官无存粮，遇上连年大旱，最终导致大饥荒发生。

《回望关川》第 74 页

面对饥荒，马长安再次被众人推举，带领村民出逃清水，结果在清水城官兵的驱逐中与家人走散，幼小的马云骧和母亲流落荒野，后来母子流落到隆德与苏阿訇相遇，苏阿訇把难中的母子带到了固原。

《回望关川》第 73~78 页

苏阿訇是马长安的难友，从这里马云骧得知父亲已经旧病复发归真，姐姐也被父亲送人。

马云骧十二岁时固原闹土匪，继父苏阿訇亡故前把他们母子和其遗女桃花一起安置在桃花的娘舅所在地固原黑城子。最初的几年，风调雨顺，马云骧与桃花成家，得一对儿女。幸福的日子转瞬即逝，青年马云骧在洪灾中失去了母亲，妻子和儿子，剩下孤独无依的他，愤然背起幼小的女儿，流亡西吉滩。

《回望关川》第 34~41 页

难中的马云骧被著名的牛木头家族收留，给其家族带领长工。生计无奈中，他把孤女梅儿送给牛家做了童养媳。但是隐忍、吃苦的他并没有得到应有的礼遇。

《回望关川》第 13~17 页

沙沟老爷正在寻求一个能够承担复兴关川的能人，多方举荐，最终找到并选定了马云骧，至此，他成了著名的马元章上人的热衣斯（代理人）。

《回望关川》第 15~17 页

至此，轰轰烈烈的再回关川开始了。

远远望去，关川河像一条青白色的玉带，蜿蜒曲折地顺流而下，沿河两岸土地平整，果园，枣树园子，瓜房一片连着一片，更远处西山的沟沟岔岔里毛刺林子一丛接着一丛。黄土高原上黑刺林点缀其间，川底下关川河扭曲东流，在初春的阳光下分外清晰，犹如一幅展开的水墨山水长卷呈现在人们的眼前。

《回望关川》第 19 页

经过初次接触当地的没落头人余寡妇，马云骧一行被允许来关川重建拱北，远望中他们眼里的关川简直就是圣景。借马绍埔的笔触，掩去了底层的琐碎，山河展露出诗意的美好。

故事就从这里一步步拉开了序幕。

再入关川并不是强暴的进入，马云骧带着使命，带着口唤，带着希望也带着未来。

回回人要扎根关川，守住了道堂就守住了教门，回汉两教要世代修好，就像这关川河一样容纳了一切归入了黄河，归入了大海。

上人马元章。《回望关川》第 46 页

有这样高瞻远瞩的目光，前方定会别开生面。《回望关川》从始至终向我们讲述的就是对这一思想的完美诠释。读每个故事的时候，那种君子坦荡荡的胸怀力透纸背，令人叫绝。那个在苦难基础上的艰难复兴，也就变得成为可能也不难理解了。

“记住，你的口唤是要让咱回回人扎根关川！我们走的是和合之路！”说完，慈祥地瞅了他一眼，默然转身朝道堂窑缓步走了进去。

上人马元章送马云骧起身时的嘱托。《回望关川》第 112 页

理解了马元章上人的这句话，你就能够理解整部《回望关川》中马云骧的行为和意义了。你也就理解了关川为什么值得一个民族回望了。

《回望关川》是一部隐秘的民国回族史

我们手头所能见到的回族史，尤其是清代末期的回族史，几乎众口一词地、高调地、大幅度地喜欢渲染清末的民族苦难和回民起义以及被屠杀的不公历史，而那些热火朝天的、普通人的、和平的生存场景往往被全盘忽略，令人惋惜。

把见惯了鲜血的一个被迫害教派，改造的在任何情况下都决不诉诸武力，让那些目不识丁惯于动粗的庄稼汉，真的相信伊斯兰这个词的意思就是和平——这件事太难了。

在沙沟太爷马元章的光阴里，趁着清朝退出舞台，借助“驱除鞑虏，恢复中华”的民族主义话语，哲赫忍耶和新的国家之间，形成了一种大致的平静，两厢无事的关系，并获得了一种类似自治的生存状态。

张承志《心灵史》修订本（内印本）第 237~238 页

这段文字概述了清末民初回族人的基本生存状态。作为上层领袖的马元章并没有安于光阴的和平逝去，他和他的代理人，展开了影响百年的、隐忍的、半公开的复兴运动。关川不仅具有代表性，而且就是这场复兴的重心。

今天看来，令人感动的是，马元章上人是从云南战火中逃离的、劫后

余生的一个智者。相对于全家全族被屠杀的青年经历，他是一个真正以和平为己任的伟人。

> “记住，你的口唤是让咱回回人扎根关川，我们要走和合之路。”
>
> 他这样嘱咐他的代理人。《回望关川》第 112 页
>
> “喂，我尊的是沙沟老人家的口唤！沙沟老人家给我的口唤是，要让咱们回回人扎根在关川！”
>
> 面对海固事变的危机，马云骧对他身边的人们说。
>
> 《回望关川》第 402 页

怀揣政府允许修复道堂公文的马云骧带着两个助手初入关川，他们拜访了对上人马元章有着极好印象的汉族没落士绅老余寡妇。

> “唔老人家是个善心人，人干净着干净着。”
>
> 老余寡妇对马元章上人的评价。《回望关川》第 4 页

余寡妇面对马元章上人的弟子，对上人的评价普通到如同我们身边的一个普通的回族老人。

但相对于余寡妇这样没有偏见的没落士绅，汉族中的另一类人是不会善意的，书中的谢文财是汉族民族主义者的化身。就是这类人在清代的乱世里给弱势的少数民族造成了灭顶之灾。马绍埔在描写谢文财的每一个段落里深刻揭露了这类人的丑恶嘴脸。《回望关川》第二十九、三十两章写了王家岘王守谦因为误会对时任老爷的马云骧怀恨在心，被谢文财巧加利用倾家荡产的故事。当事情最终大白于天下，耗尽家财、颜面尽失的王守谦终于才看清了谢文财的恶毒与丑恶。

马绍埔用一百多页的篇幅为我们展示了大汉族主义的残忍和乱世里所造成的深刻灾难。其实，整个民国时期，回族人就是在这样的时局下艰难

地寻求着生存的缝隙。

相对于谢文财，多才、大义的闻先生向我们展示了新儒家的形象。闻先生身怀绝技，心胸坦荡，以天下公义为己任。他精通医术，好学始终，性格坚强，一身正气。

在《回望关川》的更多篇章里闻先生向我们展示了汉族开明知识分子的胸怀。在本书第七章，凭借打土匪保家乡平安赢得盛名的马云骧在老余寡妇去世后想举荐闻先生当老爷，但是对局势拥有更清晰认知的闻先生却把马云骧举荐上老爷的位子。书中有一段闻先生对马云骧的拷问。

> “我只问你，要是你当了关川老爷，你在回汉两教的事情上能一碗水端平吗？”
>
> “我们的圣人说过，喂疼顾自己的骨肉是独善，疼顾一个教门的人是兼善，而能够疼顾外教是公善，能够疼顾不能言语的草木虫兽是普善，喂，这就是我们的遵守。”
>
> 《回望关川》第 135 页

阅读这样的智力问答令人受益。

在短暂的民国，回族能够做到全面复兴，除了自己的不倦努力，始终和这些令人尊敬的汉族开明学人的理解是分不开的。自身的自强不息，理解你的那些明智的朋友。马云骧和闻先生之间天下为公的友谊是《回望关川》中描写最优美的篇章。

《回望关川》中有一段描写回族领袖马元超对闻先生的敬重（第 173 页）。与那些故步自封的学者相比，马元超就是一面旗帜。阅读这些段落令人感动。就民国时期的回族上层，他们并不是学富五车。但相比今天的我们，他们的背影是如此高大，催人反思。

马绍埔在书中用几个段落描写了一位神秘人物马学荣先生（第 185 页）。其人出语惊人，出入神秘，最终面对乱世的危机，以疯癫收场（第 624 页）。

这个人物的刻画，展示了道学在中国人中的秘密。令人好奇，却也表现了对乱世的从认知到恐惧到无力的悲哀。

书中另两个特色人物是阴阳梅师和他的儿子候师。通过这两个人物的场景，汉族人的古典习俗在《回望关川》中得到了精彩的展示。

这两个传统汉俗中不可或缺的人物，恰恰又是弱势的。他们存在的重要性考验着已经身居老爷的马云骧的包容和眼界。令人满意的是，作为哲赫忍耶在一个地区存在的代表，马云骧确实做到了令不同文化各美其美的包容性。（《回望关川》第 149~155 页）

书中塑造成功的一个明喻性的人物是余振邦。刚出场的时候，余振邦只是一个务实的劳动青年，他成长在包容的余老寡妇的教育下。在《回望关川》中，他是接触回族最早，最多，最近，又不在有偏见的言论下长大的。很快因为打土匪，他和马由布成了形影不离的朋友，在马由布牺牲后，他成了马云骧抗匪保庄的左膀右臂。在民国后期的动荡中，他始终一身正气，刚正不阿，坚持始终，无怨无悔，直到献出生命。

在余振邦身上，我们看到在包容环境下长大的青年的优秀品质。他没有民族偏见，大汉族主义的狭隘思想在他身上没有一丝痕迹。他的离去在马绍埔笔下成为一曲悲歌，令人动容。（《回望关川》第 499~514 页）

书中有一个令人难忘的情节是对郭南浦和海固事变的描写。马绍埔的文字里，对军阀统治下的政治黑暗，对视人民生命如草芥的政治阴谋给予了无情的鞭挞。（《回望关川》第 399~438 页）

写作者的正义激愤在对几个军匪一家的场景叙述中做出了充分的流露。海固事变直接破坏了马元章上人用尽一生所经营起来的包容语境，令人心痛。书中通过对大名鼎鼎的回族名士郭南浦的遭遇的动情描写予以展示。（《回望关川》第 563、585 页）

从清同治年间肇始到中华人民共和国成立，民国初年的平静只给了回族人短暂的生存空隙。《回望关川》把这几十年间回族人的聚散离合，如丝如扣地给予了描写，令人感动。

《回望关川》是一幅民国时期甘陇地区人民生活的生动画卷

民国时期是现代中国和古典中国之间的连接点。在祖国西部的很多地区，民国时期保留了更真实的古典中国的样本。只是从底层的视野写成文字的极少。就民国时期的甘陇地区风貌和人民的生活状态，《回望关川》是弥足珍贵的。

立集可能最能代表那个时代的习俗了吧，书中有对立集唱戏的场景的精彩再现，阅读这样热烈的场面恍若隔世，不知道当代的汉族地区对这样浓烈的习俗是否还有保留！（黑城子立集。《回望关川》第 35~38 页）

马云骧升任老爷后参加的第一个春节闹社火的场面描写得妙笔生花。对于我这样没有见过汉族庆春节场面的人真正是开了眼界。（《回望关川》第 149~155 页）

书中有一个心术不正的刘老爷，在属于他的场景里，马绍埔详细描写了汉族人传根立后的观念以及给老人过寿的场面。虽然最终被马老爷搅了局，依然再现了汉民族对那个场面的重视和隆重。（《回望关川》第 316~320 页）

书中三角城买粮的篇章虽然简略，却也展示了那个时代的市场面貌。（第 203 页）还有在靖远城买粮的经过。（第 209~210 页）

最触目惊心的是对几次大旱成灾后社会惨状的描写。尤其以少年马云骧跟随父亲逃难走失后，和母亲在逃难中看到的惨状（第 74~78 页）；在艰难岁月里，马云骧带领手下去三角城买粮回来的路上收留两个女孩的经过。（第 205~206 页）两个场景最为惨烈。

那种人已经陷入绝境，只求口粮意图生存的绝望令人心悸。在《回望关川》的叙事语境中竟是那样的平静如水，缓缓地流淌。掩卷沉思，对那些苦难场景的阅读令人潸然泪下。

在整部《回望关川》中俯首就是对民国农村生活的场景再现。慢慢地阅读，你会产生错觉，似乎在不经意间你已经走进了民国，走进那个多灾多难又感人至深的时代。历史的烟尘散去了，但生命的悲歌不会陨落。

《回望关川》是一部揭露史

在和平的环境里人们身存一技，养家糊口，似乎合情合理。只是人们恰恰忽视了，一旦和平不再，安定被破坏，生存将是极其艰难的。

在《回望关川》中，马绍埔描写了形形色色的传统手艺人。从做皮货的尕喜父子，念经的苏阿訇爷孙，甚至官场混的穆营长家族，精通医术的闻先生，各色土匪，来关川躲难的河南兽医，要不到工资滞留关川的工匠，骆驼客，军痞，投机者，无赖，帮派分子，等等。

庞大的就业人群在动荡的画面上被生存所迫，到处奔突，甚至铤而走险。面对庞大的社会结构，个体是如此的脆弱，在每一个社会的动荡中灰飞烟灭。

阅读中一个个陷落的生存悲剧后面都有一个黑洞，如影随形地披露着时代的黑暗。社会的动荡如同海浪中的船，时时颠覆着生活的平静和美好。

令人心潮难平的是关川集市兴起的艰难和最终凋落的无奈，书中初次写到兰州时的古典韵味到后来的破败惨象。马绍埔用十年之力，向我们展示了和平与稳定对民族和国家的意义。

掩卷沉思，《回望关川》中马云骧每时每刻对社会动荡的忧虑以及社会的不平静使每个人都奔跑在生存的边缘上，无力展翅。

书中的第三十二章描写了“一贯道”的传播故事。其中刻画了人的贪婪的不择手段和愚昧无知的可怕。在一个常态的和平的社会里，哪里会有这样的愚昧乱象的舞台。

书中的重要人物马云骧晚年遭遇了更残酷的动荡。社会的鼎革使这个伟大的人物最终以悲剧收场，他奋斗一生苦苦经营的和平关川也随之没落。

《回望关川》是一部语言和民俗的博物馆

马生智是一位一度弃文从商的八零后回族俊秀。去年开始他把繁忙的生意之余的时间利用起来阅读和写诗。相交之间他多次向我透露，经商这十年他一直在构思一部长篇小说。那天他强烈要求我给他找一本《回望关川》，沉着的他要求强烈却不表明意图。

前天，他告诉我已经读了一部分，虽然他每天只能挤时间读五页书，依然被深深地震撼了。“能告诉我是哪些内容感动了你吗？”“太可敬了，他竟然把我听说过的很多故事都写了下来！”

通读《回望关川》，亲切的方言，包含着熟悉的民俗扑面而来。这一部分形成了马绍埔文学最具生命力的组件，读之会心又感动。

此处举几例妙语连珠的俗语和歇后语。

“老公鸡戴岔子，他想装个大牲口。”谢文财喜欢使用的揶揄人的歇后语。（第 81 页）

“提着碾子打天，晓不得天高地厚。”（第 81 页）这一句包含了时代和地理的双重意味，放在书中的背景下读来舒服。

“狗瞅星星干拌嘴。”（第 85 页）这是一句更形象的歇后语，表示了一种无奈的渴望。

“一个筛子没尿满，不见回声。”（第 129 页）形容面对时态的严峻，诉述者说不清楚的尴尬。

“狗咬皮袄胡扯。”（第 200 页）指旁敲侧击，不入正题。

下面是几则有意思的俗语。

“婆娘女子，糊涂糨子。”（第 21 页）

“狠汉子眼里冒火，𡳞汉子眼睛里尿水。”（第 89 页）

“农不兼商一世穷。”（第 178 页）

“三月三的神胡麻，就怕四月八的黑霜煞。”（第 215 页）

最有可读性的是陷入情感危机的满拉苏世风向师傅李阿訇求教，李阿訇的回答全部使用的是穆斯林传统经学教育使用的经堂语，这样独特的场景和语言以及深奥的论述在其他的文学作品里是看不到的。（第 371 页）

甘陇方言，尤其是原汁原味的甘陇方言，是很有特色的。书中有一段很有意思的对话，保留了甘陇方言的原始特色。（第 107，237~238 页）

乡村中方言的最彻底的表现方式就是骂人话。《回望关川》也有几段精彩的描写。（第 247~248，478 页）

更可贵的是，马绍埔使用了一些方言中特有的词汇，当地人读起来亲切无比，圈外的人会看到更多古汉语的痕迹。

比如："操练"（第 17 页）、"来阿大香一个"（第 17 页）、"腔口"（第 75 页）、"可家"（第 29 页）、"连手"（第 29 页）、"家把"（第 29 页）、"损肠"（第 21 页）、"脸烧得很"（第 21 页）、"好声嗓"（第 187 页）、"紧成"（第 178 页）、"顺毛捋着"（第 187 页）、"踏不细的事"（第 219 页）、"抠搜"（第 289 页）、"耍马五子"（第 289 页）、"钻鸡毛洞"（第 498 页）。

在《回望关川》中，细心的阅读，简直就是一部甘陇方言的词典。包括宁夏南部、青海大部、新疆的部分地区都在使用的方言词汇跃然纸上，美不胜收。

更有亮点的是伴随故事情节对民歌"花儿"的插入，使那些浪漫的场景文采飞扬。（第 161~163，165，174，524，450 等页）

书中有一段因为"海固事变"，到处谣传马老爷可能跟着造反的，关川回族随之压力沉重的记载。面对危机，主持道堂的李阿訇做了深情的演说，这段演说保留了原汁原味的经堂语，很是可贵。（第 408~410 页）

《回望关川》是一部男人的史诗

黄土高原的穷山恶水里是男人的世界，这里贤人、义士、怪才、枭雄、土匪齐聚，他们的共同出场，使《回望关川》成为了一部西部男人粗犷的史诗。

书中塑造的每一个人物都令人回味无穷。

小说最成功的是对马云骧这个主题人物的塑造。他是回族人在关川存在的代表，虽然是哲赫忍耶的地方代表，但他不是纯粹的宗教人士，在他身上具备的是在苦难深重的时代生存所必备的眼光、隐忍和实干。他的方言极具特色，但是通读全书，他绝不是一个长篇大论的人。

他沉稳而负责，不计较个人得失，侠义而不鲁莽行事，为人大气却对事情细致入微，爱关川是他性格的亮点和肩负的使命，却对天下大势和动荡的时局充满了忧患意识。

他克服了人性中太多的缺点，却也背负着深深的时代烙印。他是一个悲悯的父亲，却顾全恩情，把爱深埋在心里。

“过分的严厉会带来孤独，无限温和会失去尊严！你在关川要严厉，但不能让人弃你而去，要温和，但不要让人们胆大妄为！当心回汉人里都有穆纳菲给（阳奉阴违的人），不要让他们钻了空子。”

《回望关川》第 112 页

这是把马云骧从底层选拔出来的三大人对他的教导。这个教导深刻地留在了他的行事风格中。

马由布是他收留下的孤儿，后来成了他的左膀右臂。当听到马由布牺牲的消息时，他疼痛得晕了过去。

《回望关川》第 173 页

梅儿是他亡妻遗留下的女儿，很小的时候给了牛木头家族做童养媳，可是牛家的女人对孩子很苛刻，后来他有了社会地位终于能把孩子留在身边了，面对女儿的一天天长大，他犯起了为难。当娶亲的日子最终来临的时候，他不能忘记牛木头阿訇在难中的收留之恩，而没有悔婚。

《回望关川》第 184 页

当短暂的和平与富裕来临，他想娶一房小老婆。恰好一个躲难的寡女来到了关川，强娶之际女人很反抗，他使用了最家乡的方式去对待。

《回望关川》第 352~353 页

马绍埔笔下的马云骧不是一个完人，他只是一个有目光，有毅力，能吃苦，能隐忍，认真做事情的人。他是一个隐喻，告诉我们回族男人该有的担当和品格。

闻先生是一个典型的中国传统文人。他是关川地区真正的高人，马云骧前面任老爷的老余寡妇每次地方有事都必须找他问策。他为人大气、谦虚，严谨又坚强。

回族人初到关川就遭遇了谢文财把母亲埋在回民公墓里的纠纷，面对纠纷，余寡妇无力应对就找来了关川的头面人物们。当事情终于水落石出的时候，闻先生的一段话，义正词严，落地有声，令人感佩汉族知识分子的担当与作为。（《回望关川》第 33 页）

大饥馑时期，面对艰难，闻先生的担当更令人落泪。（《回望关川》第 213，218，223~224 页）

没落中的老余寡妇去世了，正是关川地区匪祸四起的时候，汉族大户之间勾心斗角，面对危局，处在丧事中的闻先生对前来举荐他的，以善打土匪出名的马云骧提出了拷问，权衡利弊之后，他毅然举荐回族人的头领马云骧做关川地区的老爷。（《回望关川》第 135 页）

“毕竟闻先生是这关川上川里最有学问的人，更何况人人都晓得闻先生通晓易经八卦鬼谷子秘典这些看不懂的天书。”（《回望关川》第 128 页）

这样一位奇才的助力使马云骧的关川梦才真正成为了可能。

当关川回族被陷害，集体被捕的危急时刻，闻先生这个隐士挺身而出，他联合名学人马学荣，名宿万通轩解救大家于水火之中。（《回望关川》第 547~549 页）

这个学识渊博，心胸坦荡的男人是《回望关川》中的铮铮铁骨，向我们展现了汉族士人中优秀朋友的难能可贵和不可或缺。

在每一个危急关头，闻先生都是某种平衡，他平衡着狭隘与无畏、自私与天下为公的准星，令人敬重。

相对于闻先生的无畏，任何时候都有自私自利的人存在。

《回望关川》中的谢文财成为了自私自利的典范。跟那个时代的许多汉族人一样，谢文财对阴阳痴迷之极。他为了能让自己的家族兴旺繁盛，听信阴阳的风水说，把母亲偷偷埋在了回民公墓里，引发了回族人到关川的第一桩纠纷。(《回望关川》第 27~33 页)

而为了给母亲迁坟，谢文财用尽了心思，请来宋半仙看风水，却被宋半仙糊弄，他们如妖魔斗法，令人惊奇。(《回望关川》第 26~28 页)

当关川面对饥馑的时候谢文财也曾挺身而出，为救众人而去向县光光借粮，他和阴阳梅师带着众人的希望去求县光光，却被奚落了一顿，空手而归。谢文财脸上无光，梅师被气倒。(《回望关川》第 198~200 页)

红军进入关川的时候，记仇的谢文财借红军之力给了县光光致命的一击。面对县光光满满的藏粮窑洞，梅师的儿子候师为县光光竟然窑藏如此之多的粮食而眼看众人饿死，悲愤不已。(《回望关川》第 288~289 页)

乱世之秋，谢文财借机挑拨王家岘的王守谦陷害老爷马云骧，并许以相助。当王守谦费尽家财，没有了退路来找谢文财相助的时候，看不到扳倒老爷希望的谢文财翻脸不认人。(《回望关川》第 539~540，554，575 页)

谢文财如一面镜子，时刻捕捉着身为老爷的马云骧的行为漏洞，使关川梦如履薄冰，时时刻刻面临着危机。通过这个人物我们看到了自私之人的阴暗和无情。

爱情是人类生活中最精彩的篇章。对爱情的趣味描写，已经成为小说写作者是否优秀的一个标准。《回望关川》中有两段精彩的爱情场景的描写。成为了这部厚重之作中最温情的篇章。

柳如海是一个勤奋的下苦人，他的儿子柳青是关川青少年一代中最活跃的一员，青春活泼，浮水极好。柳青和翠翠的爱情被马绍埔描写的荡气回肠。可惜，最终以最地方的方式收场，令人惋惜。(《回望关川》第 341~371，375 页)

更精彩的是对麻麻子爱情故事的描写。麻麻子也是关川年青一代的代表人物，青年时期，偶然和条城张的女人发生了私情，为后来的婚姻埋下了祸根。婚姻失败后孤独无依的他又因为喜欢漫“花儿”和丈夫长期在外的荞花相遇并发生了私情。事情败露后遭到马老爷的公开鞭刑，身心受到摧残。

正在人生低谷的他遭遇了王守谦陷害回族人造反的案子，无辜和众人一起被抓，最终被私刑致死。

在麻麻子身上从始至终拥有一股悲凉又浪漫的气息，尤其是他的“花儿”，给《回望关川》一股另类的情调，散发着芬芳。

他受王守谦私刑的一段，那种铮铮铁骨、视死如归的坚强令人感佩，虽然在全书中对他的着墨并不多，但对他集多重矛盾性格的塑造，更深切地刻画了一个普通人在伟大和低迷之间的游离的典型形象，使他成了本书中我最喜欢的人物之一。

在这个人物的身上也透露了马绍埔对更深刻的人性的解读。在那样的时代背景下，麻麻子的悲剧是一个警示，给人以更深刻的启迪。（《回望关川》第 519~529，547~549 页）

书中还有一些虽然重要却被一笔带过的人物，虽然着墨很少却给人以难以忘怀的深刻印象。

比如马国瑞。

> 沙沟老爷的长孙，从小聪明好学，熟读四书五经，通晓历史经汉两通，生活简朴，廉洁，为人忠厚和蔼，平易近人，深受当地回汉群众的尊敬，在群众中享有崇高威望，群众都尊他为“师傅”。
>
> 《回望关川》第 401 页
>
> 马国瑞天资聪颖，从小便与众不同，深受祖父，前代教主马元章的喜爱。他从幼年起就随祖父研究伊斯兰教经典。稍加点拨，他便明白通晓，还常常提出一些使祖父深为惊讶的问题。真是身无彩凤双飞翼，心有灵犀一点通。到 10 多岁的时候，他就

> 能背诵《古兰经》了。后来，祖父安排他从教于一位清代秀才，专门学习汉文历史，因此知识渐渐渊博。加之他生性谦和，乐善好施，又兼有教门弟子的特殊身份，因而深受穆斯林的尊敬与爱戴。再说，他的祖父，叔父都是教主，广大穆斯林都极为崇敬他，使他具有很高的权威，每年都有全国各地的穆斯林前来拜见，马国瑞的名字也随之为越来越多的回民传送和知晓。
>
> 李德明《穆斯林暴动传奇》第 4~5 页。宁夏，1993 年

这样一位出类拔萃的优秀青年，面对民国后期军阀的横征暴敛，鱼肉百姓，派粮抓丁的政治暴行，面对陷于水深火热生存无法安宁的乡民，最终揭竿而起，造成了轰轰烈烈的“海固事变”。

《回望关川》中的马云骧“早在西吉滩的时候，他俩就经常跟着沙沟老爷一起学习经典，关系十分要好”。(《回望关川》第 401 页)

书中记载了第一次“海固事变”被软禁后，马国瑞从兰州出逃，途经关川的段落。此时的马国瑞已经是声名远播的起义领袖，为了他的民众如丧家之犬。匆匆过关川，他没有见马云骧，因为同样的身份，马云骧正身系着一方安危，他的回族身份，使他在敏感的旋涡里做着艰难的抉择。

> “师傅说，怕惊动庄间给关川带来祸事，让我不要惊动你！我给装了些干粮。唉！喂，师傅托我给你一本他亲手抄写的《穆罕麦斯》。”
>
> 《回望关川》第 429 页

面对马国瑞留下的遗物，马云骧肝肠寸断。

> “两类人是国家和教门的祸害，没有涵养的领袖和无知的教长！对那种领袖不要顺从，不要信任！你们的口唤是守住道堂扎根关川。”
>
> 马国瑞《回望关川》第 430 页

两个同样的智者，肩负着同样的使命，却走着两条不同道路的男人。

这样的对比惊心动魄。

一部近七百页的《回望关川》，其中出场的人物有三百八十多位。每一个人物都有属于他的故事，每一个故事都愁肠百结。我只简单分析了五个人物，厚重的叙述里，短短几十页的述评无法尽数其中的奥妙。

结束语：一部被忽视的巨著

赵会喜，河北魏县人，河北中青年文艺人才，燕赵文化之星。因为“明月杯”文学评论奖我们不期相遇。他对回族文学情有独钟，最近正在阅读《回望关川》。通过微信留言，他惊呼：“这是一部被文坛忽视了的真正巨著。”

高振茂，诗人兼评论家，马绍埔曾经的老师。阅读《回望关川》时，他“激动地久久无法平静”。(《回望关川，跋》第 661 页）

“他以一种大写意般的雄浑气势，给读者勾勒出西北黄土高原的厚重，更精妙绝伦地将关川立于我们的面前。此时此刻，他不仅仅是回民，也不仅仅迷恋关川，他似乎是站在地球的某个高点来叙说他的庞大‘关川’，他平实独特，自然而然地给读者讲述了缠绕在回汉民族之间的隐秘感情，仇恨，怀疑，排斥，无奈，观望，摩擦，理解，相容，团结等多重情感交织，最终走向共同发展的和谐之路。其间糅进了诸多西北因素，引入了大量穆斯林风俗，当地礼仪，民间歌谣，洮岷花儿等，原始性，生态性，人文性，地域性，历史性，民族融合性都很强，因此，他的小说令人耳目一新，他不仅将清新的笔尖直指世人并不多知的回民自身，更将笔尖延伸到世界大民族之间的冲突和融合。”

最后，高振茂老师这样概括《回望关川》的书写。(《回望关川，跋》第 662~663 页）

“他将儒家文化和穆斯林文化共同崇尚的读书，耕田，经商等理念巧妙地根植于每个普通民众的心里，他以最原始最朴素的表达方式展示百姓对真善美的理解和遵守。”

高振茂老师这样概述马绍埔的创作理念。(《回望关川，跋》第663页)

当小说越来越碎片化，情色化，另类化的今天，《回望关川》这样的总体性写作文本已经越来越稀缺。在回族这里，碎片化写作甚至已经成为了趋势。

这两年，我一直在收集回族作家的作品系列，已经满满一架。天南海北的回族作家演绎着各自不同的创作理念。其实，在我们这样大分散，小聚集的生态格局里，每一个回族聚居区，甚至每个省的每个地区都有着巨大而明显的差距，每个地方都有着各自的传统和现代取向，但是我们的文学作品并没有很好地写出各自现状背后的故事。

当然今天还远远不是总结的时候，我期待着，不久的将来，在那些星罗棋布的，遍布祖国大江南北的，回族文化普遍正在失落的回族城镇，都能诞生各自的马绍埔。当时代的烟云散去，让我们的孩子以及更久的后代能够清晰地知道，我们来自哪里，我们做了什么，未来我们将去向何方。

追忆着你的偏爱
体味着你的存在
此刻我已泪流满面
因我才疏学浅
就取前辈的经历
教人在黑暗和受难中
让真理永传人间
向你的心灵说抱歉
——献上我的心灵之愿
色兰——祈求获取你静心的允许

《回望关川，流浪的心灵》第660页

最后我祝福马绍埔兄，期待他能坚持下去，写出更多有力量的大作。也期待《回望关川》能够得到更好的校订，能够顺利再版。写了这么多，我只想告诉他，前行的路上并不孤单，耗尽的心血，会有收获。给自己、自己的家乡、自己的民族一份厚重的答卷是多么的可贵和幸福。

在我们生命的正年，用所有的身心去回望，血泪并没有远去，前方路途漫漫。

2017 年 3 月 10 日—4 月 8 日

心灵的牧场

——随笔手记

总是被生活中的某个瞬间触动。万物的生生不息，生命的伟大，点滴的随意中人性的光芒。

“心灵的牧场更辽阔。”瞬间的触动难以忘怀。

每当一个令人感动的、难忘的瞬间降临的时候，我都会想起，小时候那些放开羊群，一个人仰躺在大地的高处呆望蓝天的日子。广阔无边的蓝，在纯洁的眼睛里永远都丰富多彩。

只是，年少无知的我们怎么能够明白，比蓝天、绿野更广阔的，居然就是心灵的牧场。

很多年辛苦又匆忙地过去了。我一直苦苦耕耘，步步为营。十八年过去了，而立之年的丰沃已经越来越薄，生命的路途越来越远，我心灵的牧场却绿意油油。留下几页随笔，献给无悔的理想和琐碎的生活。

一

小林的突然去世令我痛不欲生，我切肤地感到，生活的真实在切割我年少的身体。也就是那个酷热的午后，我发现自己一瞬间长大了，猛然间就学会了反思。

我所做过的那一切是值得的吗？我是不是可以成为另一个我，也许成为另一个样子的我，我才能成为真正的儿子（令自己满意的），也许我在开始选择的那一天就错了呢？

那个时候我已经十五岁了，还不结实的身体里藏着一个蓬勃的男子汉，正好奇的步量着脚下的大地。

小林是为了救一只带放（那时候带放一只羊，一个月的工价是2.5元。如果可以用金钱衡量这件悲哀的事件的话）的别人家的羊只淹死的。似乎是走出了时间，青春一去而不再复返，又二十年过去了，每次站在老院子边的小山头上远望小林葬身的水塘，我的眼前总会出现一片金色的百花谷。大地辽阔、单调的视野里，只有这金色的山谷似乎还隐藏着我的少年，曾经的玩伴和越来越远的过去。

一切是如此的亦真亦幻。

我写了散文《金色百花谷》，纪念我生命里的第一个知己。读这样的文字撕扯得自己心痛，都不知道是怎样就形成了文字。

从突然学会反思到现在刚好二十年过去了。我开始学着读书，追寻未知的世界，我强烈地要求自己，我尝尽了生计的苦涩，成为一堆孩子的父亲。我背负着岁月的哀伤，拿起了笔。

是的，那个百花灿烂的下午世界失去了小林，一个忠诚的儿子，换来了我，二十年后奋笔疾书的我。这二十年里，草原消失了，快乐消失了，若没有这广阔的心灵牧场，谁还能记起他，那个纯朴的少年。

2018 年 9 月 6 日（天津）

二

书架像极了一棵硕果累累的沙枣树，沉甸甸地站在墙角，它怀里的果实充盈着我劳动之余的灰色调闲暇。

不知道从什么时候开始，我的生计忽然越来越忙。放羊岁月里那种恣意的阅读已经不再拥有。如今只剩下劳动间隙的紧迫阅读和偶有的闲暇阅读。

每次忙完一个时段的活计后，我都会迫不及待地换掉劳动的衣服，躲进书房，拿来枕头垫在隐隐作痛的腰下，开始解决对未知的热望和对未知的饥渴问题。

一本本书从眼前走过，有时候我甚至忽略了农忙，耽误了生计，疏远了妻子，远离了人间。只有在智力的世界里，我心灵的鸽子才会飞向它蔚蓝的天空。

每次拿起书本前我都会在那两册旧书前矗立一会儿。时间已经使这套书的脊背变得陈旧，它却有一双如同老人一样洞察的眼睛，闪着睿智的光芒看着我，似乎是在激励我，也许是在考验我，在支撑着我，甚或保护着我。

我永远也无法忘记那双苍老的眼睛，那枣树干一样弯曲的身型，那双布满老人斑的手，以及双手托着向我递过来的《古兰经》。那一脸信任的笑容。

“你继承吧，我保护了三十年，今天以后就属于你了。它是我对你的信任和希望，你可不要令我失望。”

十年了，我笔下一行行文字诞生的时候，你似乎就坐在我对面，用那双饱含爱意的眼睛严肃地看着我。我捧起一本本书籍的时候，耳边还响着你赞许的笑声。

十年了，我的孩子们在努力长大。你已经是一抔黄土了吧，为什么我心灵的牧场上，总能听到你吃力的喘息。

我惭愧的是至今也没有把《沙枣花飘扬的秋天》写在纸页上，任其在我潮湿的心田上疯长。我下过多次决心，却无法把心灵的泪滴变成时雨，让丰沃的牧场绿野茫茫。

只是岁月的馈赠让我读懂了你，我知道了儿子，大地的儿子，父亲，撑起翅膀的父亲应该打开怎样的书页。

我费尽周折从坊间借来同样的两本书细细地阅读。你留下的这两册我舍不得翻阅，他们也老了，册页间珍藏着时间的密码。我怎么能舍得他们经受损伤，我的双手布满了劳动留下的硬痂。

起风了，心灵的牧场上草波飞扬，辽阔的蓝天下白云安详，时间依然吹出刺耳的噪声。

心灵的牧场上有你为伴，我定能经受住风风雨雨。

2018 年 9 月 6 日（天津）

三

日影西斜，嘹亮的歌声早已经响彻村庄，你慢慢露出头来，远处的沙丘上你是一个无助而快乐的黑点。宏大的夕阳把你身后的世界染成一片血红色的海洋。你的羊群还在远方，反光的视野里，羊们是一片染脏的云，走在如梦的蜃景里。

这是我小的时候同村同姓的一位放羊阿哥，他给我留下过很多珍贵的记忆。据说他曾经是父母亲的心头肉，十六岁的一生中，他没有带走一片故乡的云。

我想象自己是他，歌声一片，潇潇洒洒，身披夕阳，走在秘境里，让远望的人们痛哭流涕。

每一次相遇经历的时候，每个人都有太多的纠结。我们都想清清白白，可惜天堂式的理想生活永远不会在这片大地上存在。

之所以对这位少年时期家乡的早逝人如此不忘，是因为我有很多时候面对选择，总会纠结不已：假如我已经没有了明天，我能否舍弃得洒洒脱脱！

时间是何其的无情，写到这里我才发现，距离那个青年的离去已经是匆忙的三十年。我们纠结了太多，都不知道把昨天放在了哪里。

那片留下我们共同记忆的村庄也已经从大地上消失了二十年。这么长的时间里，我竟然都没有停下脚步，回头看看我们共有的昨天，是否有昨天的某片云彩还在昨天的天空里飘扬。

几年前我曾打算用一年的时间写下对那片大地的思念。我没能找到一年的闲暇，所以就让那份思念任凭风吹雨打，越来越薄，变成记忆深处的一潭死水。

心灵的牧场飞翔在蓝天上，它肯定是我们童年时期生活的大地的模样。今夜我突然想起你，才发现，这些年唯一，只有你生活在意义的天堂。我站在黏稠的大地上向你招手，你站在世界的另一头，对何方张望。

2018 年 9 月 10 日

四

震撼来自你没有预知的某个没有任何迹象的瞬间。

震撼我的故事发生在十五年前一个没有任何特色的春天里。那一年父亲刚给我分家，妻子在家带牙牙学语的大女儿，我开始到处找活儿干，挣点儿微薄的苦力钱，养活摇篮中稚嫩的家园。

我被带进少年时期放羊长大的荒山里，给远近闻名的养羊大户满家去抓山羊绒。从小在羊群长大，我本就是抓山羊绒的一把好手。那个身材高大，一脸和气，待人谦和的老人满佐汉看我精于此道对我很是赏识。老人给我加了工资，破例给我买了饮料和水果，对我的要求是抓羊绒期间必须和他吃住不离，并用摩托车带着他，随时解决一些羊群里的琐事。

这是一份又脏又累又自由的活计，对于此时人生困顿的我，是再合适不过了，所以我痛快地开始了和老人形影不离的这一段特殊生活。

我怎么也没有想到，冥冥中人生际遇中的第一个大师就这样相遇了。

那一年我二十三岁，满佐汉老人已经七十六岁。我拥有八年少年牧羊的经历，他的牧羊历程是六十年。虽然他更多的时候是雇专业的牧羊人放羊，但是他是养羊大户，羊群离不开他。所以六十年的牧羊生涯中他几乎没有离开过羊群。

这一年他的羊有两千多只。他现在是五个专业牧羊人的老板。

引出震惊的是某一天的中午。

那一天，牧羊人把六十只羊圈在一个隐秘山沟里赶着羊群出滩了，留下我和老人给这一小撮山羊抓绒。

这是一项非常古老的活计，我选择一个比较满意的沟坎，在头顶担好木棒，拴好绳索，把抓来的山羊绑住两只角，使它们前蹄悬空，开始用羊毛剪刀刷尖子毛。这种专用的剪刀有二尺多长，我们传统养殖的山羊品种必须剪掉尖子毛，抓下的羊绒才算优质。

这一切都必须是专业的人才能干得来。我熟练地忙碌着，老人也已经备好了他的家当，并给我抱来一箱各种各样的饼子和一箱非常可乐。这是我一天的食量，我一向是干活儿拼命，食量奇大。老人说他喜欢我的风格。

奇怪的是我每抓来一只羊，满佐汉老人都能讲出它的谱系。传统牧羊人对羊只谱系的重视如同阿拉伯人的家族谱系一样烦琐。这是对羊只品质把握的必备本事。可是，把两千多只羊的谱系凭借大脑的辨识来如数家珍，这该是一颗怎样的大脑呢。

开始的时候，我对老人的这个本事充满了怀疑：一米八五的身高，一脸老实的面孔，能有这样细腻的内心吗？

羊是这个世界上最温情的物种。牧羊人都知道，草原上自由长大的羊，每晚睡觉，都会三辈不离。也就是奶奶辈、母亲辈、孙子辈，它们可以不一起吃草，但是睡觉必须是在一起的，而且辈分分明。甚至散养的羊只每个血族都有固定睡觉的地方，一般很少变动，除非羊群转场。

我开始留意老人对他的羊只的详略讲述，然后偷偷记住他每次所说的羊其中的几只，第二天去羊爬场的地方验证，居然没有差错。

有一天我和他在另一个深山沟里忙活。临近中午，我俩坐在沟坎边的阴凉下边吃干粮边休息，此时一群羊从远处的山坡经过。有一只山羊的咩叫远远地传来。突然，听到羊叫的满老汉放下了手中正在吃的饼子，着急地对我说：“小王，快去骑摩托车，正在叫的这只羊是我丢失的羊。”

我有些不快，羊叫的声音并不清晰，你怎么凭借羊叫声断定那就是你跑丢的羊。况且，这样一打搅，今天下班就一定会耽搁得很迟。

我有些不情愿地带着他驾着摩托车爬上了山沟，又过了一道山梁才看到那群路过的羊群。老人要求我把车子骑到羊群的另一边，他跳下摩托车，静静地走到羊群边，偷偷地猫下腰身，一个跳跃，就把一只正在吃草没有防备的山羊抓在了手中。

那个放羊人坐在远处的山头上沉默地看着我俩抓羊。满佐汉对我说，骑上摩托车，捎上羊，我们去问个明白。

这居然是一只丢了四年的羊。给满佐汉放羊的把式面对庞大的羊群盯不住每一只羊的面孔，所以来这个羊群找过几次却找不出要找的羊。今天，居然凭借几声咩叫，满佐汉就能知道哪只是自己的羊。

我对其深深的叹服，那个拾羊的牧羊人也叹服不已。

晚上，放羊人看到老满找回了丢失四年的羊，叹息着说：“我买了一只羊准备儿子结婚时用，最近跑进邻家有八百只的羊群里怎么也找不出来了。可惜大爹不认识那只羊。”老满说他对那只羊有点印象，说不定还真能找回来呢。

于是，荒山里苍凉的暮色中，牧羊人骑着摩托车带着大爹出发了。我刚吃完饭，他们就带着一只绵羊回来了。他们熟悉彼此，放羊人除了感谢也没有表达什么惊异。

我被深深地折服了。每个行业都有高人，父亲以前说过的话，这一天我是信服了。

离开的那一天按照牧业的传统，羊的主人家是要清点羊数，做好嘱托的。于是两千多只羊被集合了起来。

满家的羊群歇场地是一面背着朝阳的平展展的斜面山坡。朝阳的光波里，斜展展的山坡是一面模糊的镜子，羊群浩浩荡荡的正在集合。顺着山坡，突然大地上白云翻滚。满家大爹迎着阳光的脸被一层金箔一样的光照着，他眯着眼睛，忘我地盯视着滚动的羊群。

五个牧羊人加上我和满家大爹总共七人，我和另一个牧羊人左右分开站在大爹两旁，另三个人在对面站成两排，羊群瞬间就变成了河流，从我们中间像水流一样缓缓流过。大爹拿起手里的棍子，数羊开始了。

羊群的水流很快，一会儿舒缓，一会儿湍急，只一会儿，大爹的面前就变成了一条波涛汹涌的激流。他目不转睛地扫视着水流一样流过的羊，嘴唇嚅动着，手里的木棍来回挥舞。

几只暴躁的黑绵羊想绕过我们去追前面远去的羊们，那边的牧羊人猛冲过去，把试图跨越的黑绵羊挡回了羊流。他追得猛了，惊动了后面的羊，突然大爹面前的河流暴躁了起来，羊们变成细细的水流急数而过。羊群越来越快，越来越急，水流越来越大，争抢中后面的羊们蜂拥而过，大爹的目光追着奔跑的羊流，直到数完了羊群。

大地终于安静了，大爹缓缓地转过身，对他掌握羊数字的牧羊人说，怎么差一只，而且是一只四齿的黑脸绵羊。

牧羊人低下了高傲的头，低声说，大爹，昨天下午真的把一只绵羊混进了别家的羊群。你数得很正确，而且我今早去邻家看过，就是一只四齿的黑脸绵羊。

真的是大师啊，原来真正的大师是如此的令人惊叹。

满家大爹已经去世多年了，每当我被拖延症困扰的时候，我都会想起他。想起朝阳使他一脸金黄的时候，他看羊的眼神。

2018 年 9 月 11 日

五

十五岁的我们太过于调皮了。放肆的调皮有时候会释放出残忍的行为来。

那是初夏充沛的雨水后的一个爽朗的日子，薄薄的翠绿草地上羊群如黏稠的白云粘贴在大地上。羊们在起伏的丘陵上安静地啃着草皮。天气凉爽，羊群不用细心地操持了。人于是就闲着，就搜寻着事情，来打发无限悠长的牧羊时光。

金阿里是父亲唯一的儿子，从小好动而皮实，是个出了名的捣蛋鬼，油胡也是，黑不溜秋的大高个，永远都不想闲着。于是，三个人就合计着去掏老鹰蛋。

老鹰的窝藏在倾颓的悬崖上黝黑的洞穴里，一个人是怎么也别想够到鹰巢的。平时常常看到鹰站在它的家门口合上翅膀打盹。直到金阿里提议我们来掏鹰蛋，我才遗憾地发现，原来，这么多年，我还没有见过鹰蛋呢。

悬崖很高，很危险。鹰巢像一只幽深的眼睛木然地看着远方。我们中间最大的金阿里就开始出主意了："我们搭人梯吧。"

油胡身材高大，壮实，于是就站在了我的脚下。他的肩膀有点滑，微微颤抖着。手扶着悬崖，脚下的颤抖使我心悸。我几乎没敢抬头去看越来越近的鹰巢。

金阿里气喘吁吁地爬上了人梯的顶端。他很胆大，此刻站在我肩膀上如同一位勇士。他夸张地把头伸进了鹰巢。我无法抬头，却听到了兴奋的惊叫。是我脚下的油胡发出了惊叫，还有自天而来的愤怒嘶鸣。

金阿里摔下人梯后，我们全部狼狈地摔倒在了大地上。一颗巨大的土坷垃在离我头顶几尺远的地方爆裂，土块破裂的灰尘中，我看到一双巨大的翅膀从瓦蓝的天空坠落下来。我本能地爬起来就跑，才发现那双巨大的翅膀追着金阿里已经跑上了对面的沟坡。

成长是一股无形的海风，发出涩涩的咸味。不知不觉中，我们长大了。那些难忘的瞬间，已经成了我们永远也回不去的来路。

后来，金阿里成了一个有担当的男人，没有强壮的身躯，却扛起了生计的重担。油胡却因为错误，把青春献给了没有自由的大学。每次想起他，都会想起脚下微微颤抖的肩膀。他寡言少语，我是他最知心的朋友，却永远也无法走进他的内心。

我拿起了笔，每写下几行文字，都想抬头看这片湛蓝的天空。我想把被岁月淹没的身心留在我洁白的纸页上，只有在这里，天际无涯的绿色原野，才是我心灵的广阔牧场。

2018 年 9 月 7 日（天津）

六

整套《丝路文库》整齐地站在书柜那个醒目的隔间里。虽然很喜欢，但是我坦言这并不是我最喜欢、最看重的书。我更看重的是这套书后面站着的那个老人。那个从他有限的工资里，总是抽出一点钱给我买书的老人。

他没有教我指点江山的本事，但我称他为师，今生今世，无怨无悔。

昨天，天津作协的王中琪老师带着鲁迅文学院的邱华栋老师，和我们宁夏来的三位朋友一起参观李叔同故居。到地方我才知道这个李叔同就是声名显赫的弘一大师。

讲解员的几句话让我深深地触动。

“弘一大师的传人分两种，学生和徒弟。对于学生他尽职尽责，尽授其学问。但对于做人，人各有志，他从不强求学生。

“但是弟子不同。对于弟子，他更看重和要求的是人品，而学问次之。他认为只有如此为人才无愧于心。”

这是促使我写《心灵的牧场》系列随笔的一个诱因。

我们到底该坚守什么，是圆滑的才华还是铮铮铁骨。是坚守初心，还是顺水推舟。

走出李叔同故居的那个瞬间，我分明看到天津的天空蓝得养眼。

《丝路文库》中的大多数书目是我偶得闲暇才会拿起的泛读书系，尤其是那些越出越多的，三流水准的中东文学。那些自吹自擂，自我感觉良好的文本最好的归宿其实是尘封。

但是我喜欢它们整齐地站在显眼的地方。那会是一张我尊敬的面孔，一双眼镜片后面盯视我的严厉的眼睛。沉默中关切我的慈目和无言中理解我的心。

心灵的牧场是广阔的。只是，我们不但要挺起坚强的臂膀，也要唱出悠扬的歌谣。

恩师。我久久回味，久久凝视。人生的某一个时刻，我就是你。我会奋力成为你的前方，成为挡住风雨的那个臂膀。

2018 年 9 月 7 日（天津）

七

还在我很小的时候，父亲就教育我，做人要正直，要清白，要坚强，要能吃苦，要能容忍。

这些抽象又广博的词汇让我在漫长的青少年时期，无限的迷茫。我试着装作一个男子汉的样子，大着胆子放开羊群，任它们漫山遍野地去游荡。我独自寻找一个制高点式的山坡躺在上面，想入非非。

时间流水。父亲的词汇是星星，升起在我身体的大漠里，变成了我血脉的一部分。甚至当我现在拿起笔来，它们像极了调皮的孩子在我的文字里游走。

抽象的意义，我几乎无法抓住他的身影，陪他们一起同行。

我难忘蓝天，在那些想入非非的岁月里，那淡蓝的、寂寞的天空。天空中如羊群一样游荡的白云。我细细品味，从那些词汇的光束中我分明看到了，比天空更广阔的应该是男人的胸怀。

心灵的牧场，我迷恋其中，不能离去。最奇妙的是，一片广袤的牧场，野草丰沃，却不用去放牧羊群。

2018 年 9 月 8 日（天津）

八

每次和父亲一起到老家坟院上坟，我都会生出一种奇特的感觉，年老而瘸腿的父亲异样地走着，离他不远的地方，走着我一生苦难，身材矮小的爷爷。再远一些的大地上矗立着先人们为了防范土匪建设的土寨子。寨子上的某个角落，我远离人间烟火的曾祖父正匍匐在暗处，他双手举着他半生为伴的猎枪，正瞄准着前方。我似乎能够清晰地听到，那个一生以抢劫为生的草寇，在曾祖父的枪声中应声而倒，身体敲击大地的声音扬起尘埃。

如重物轰然坍塌般，声音犹在耳畔，一切真实无疑，真实永远都惊心动魄。

历史就在脚下，当我们忽略身后真实的时候，一切似乎还在别处。但是，某件事情突然降临的时候，你会发现，其实历史就是昨天。

昨天其实是我们每一个人的根脉。

这样的思考逼你警醒。

还有游戏人生的资格吗？

这样写着，人生的很多脉络就开始在模糊和清晰之间徘徊。

我们到底用什么来支撑自己呢。金钱至上的时代里，所谓的价值追寻已经是一盘散沙。唯一能够定位的只有你自己。

信仰，道义，理想，责任。

什么才是你心灵牧场上的那一架彩虹呢？唯有种植者知道他该收获什么。

2018 年 9 月 12 日

九

什么样的事情值得一个人惦念一生，无法放下。

人生的空旷里。这样的事情应该是一道彩虹，照耀琐碎的泥泞。更多的时候，心灵中最柔软的那一部分，才是他生命的本真。

那是一个连阳光都如同花朵一样多彩的午后。我劳动归来，心田里有股爽风在流窜。坐在屋子里读书，洁白的书页上，我分明能听到蜜蜂在意义的花丛中嗡嗡地飞翔。

堂妹忽然就来了，她带来了病中奶奶的信息。已经神志不清三个月之久的奶奶突然醒来，要求我必须尽快去看她。

我陷在突兀的震惊中。

刚强了一生的奶奶是三个月前的某个晚上摔倒的，从此她的神志去了未知的世界。三个月里，亲人们日夜守护着昏迷中的奶奶已经疲倦不堪，就连我也是三天前才离开她的病榻，开始了田里的忙碌。

我赶紧放下手中的芳香，三步并作两步地走进了四叔的家门。

病床上的奶奶已经脱离人形。日夜守候的四婶看到我进来，收起满脸的倦容告诉我，自从我三天前走出这个屋子，奶奶就一直闹着要求必须把她的尤苏夫给她找回来。大家都知道我忙，就拖延到了现在。今天实在是拖延不下去了，奶奶已经开始绝食。

我知道奶奶的十个孙子里她最疼爱我。但是我无法理解病中的奶奶对我有着怎样的期待。我探身亲吻奶奶干涩的脸颊，病中沉睡的她凭借感觉居然一下就认出了我。她睁开沉重的眼皮，看到果然是我，她失神的眼睛里突然就溢满里泪水。她伸出瘦若鸡爪一样的手，一把抓住我的手泪如雨下。病魔突然就隐身了，迷失已经三个月的奶奶突然就说出了话："我把老巴巴的事情托付给你，他不算人，你要操心。在他上吃过的所有的苦都看在我上。他身后还有一个人呢。"

奶奶定定地看着我，我刚泪眼模糊地点下了头，就发现奶奶眼中的光亮瞬间就熄灭了。奶奶永远地沉入了睡眠，再也没有回来。

十年一瞬。

老巴巴是我们的方言称呼，是我们的五叔叔。他幼时得病未能及时医治成了哑巴。成年之后，父亲兄弟们集资娶来了哑巴婶婶。两个人因为沟通困难常常打架，后来婶婶带着他们的儿子回了娘家。

十多年后，奶奶牵挂的，老巴巴身后的人已经长成了壮年。堂弟像极了老巴巴，性格温和，聪明，身材高大，寡言少语，很是听话。

哑巴叔叔和堂弟的故事容我以后再详细地写吧。

今天所写是这件事情给我的感知。

奶奶去世的这十多年正好是我人生最艰难的十几年。从壮志未酬的青壮年到现在的一地鸡毛，人生、理想、现实、坚持，做人的每一个坐标都充满了考验。每当遭遇人生的隘口，我都会想起这件事。

它只是托付吗？十分之一的选择里是否有对我更多的要求和期待。

当一道道人生的关口终于跨过以后，面对蔚蓝的天空和广袤的心灵的牧场。我感恩奶奶的托付。她是一个坎坷一生伟大的女性，她的一生足够我书写一生。她的嘱托是一眼清泉，给了忙碌的我濯洗的可能。所以，细数光阴，我的心灵牧场里，拥有一条直通远方的坦途。

2018 年 9 月 10 日

附录

打开生命的书写和灵魂的高歌

——读王学军散文有感

文/杨林文（彝族）

那天的凌晨三点，我又习惯醒来。顺手拿起床边的手机，想看一下时间。迷糊中，竟发现鲁院同学、回族诗人王学军还在网上。见他的朋友圈里晒有两截散文小段，笔风平实，却力透纸背。原以为是哪位散文名家的大作，一问，才知道是他刚创作、尚未修改的一篇新作。同时，我发觉原来还可滚动阅读此作全文。

王学军向我道别下线睡去了，我却睡意全无，迫不及待看起了这篇散文来。但还没看完，就给震惊在床上了……

进鲁院前，和王学军我俩早就在一个叫“山风”的文学群里相识多年，读过他不少的诗歌佳作。不过对他的真正了解，还是在进鲁院以后。

王学军自我介绍说，他没上过学，是个靠放羊和务农为生的宁夏回民，但在放羊和劳动的空隙中一直坚持读书，一直在研究伊斯兰教……

可凭以往我对他诗歌的阅读欣赏，和在鲁院时跟他的一段朝夕相处和面对面的交流谈心，再加后来从视频上目睹到他丰富的藏书，我感觉他的学识水平已经不亚于一位专家学者了。

也许这应得益于他虽没上过学，但自小一直从未放弃过自学，且一贯博览群书，并喜欢收藏、阅读和研究世界名著以及其他不少很高端的学术著作。当然，更为直接的原因还是他具有极强的艺术天赋。

王学军的诗，情感真挚饱满，文字凝练流畅，语言朴实感人，蕴意含蓄深远，意境动感撩人，诗风卓尔不群……

我更惊讶当下读到的王学军血肉丰满，生活气息特别浓烈，人生感悟异常深邃的散文作品。

文学艺术用形象来描绘世界，讲述人间，表达情感，传递思想，这无人不知，但真正能落到实处的却并不多。尤其是那种初学写作者和个别学位极高的学院派作者，总爱用一些概念来创作文学作品。初学写作者，是缘于尚未掌握文学创作的精髓，还在茫然中摸索着；学位极高的作者，是因为脑里塞满了过多的学院理论，身边又缺少很实在的生活，因而才创造出没有灵魂甚至没有一点血肉，完全像一具僵尸甚至是一副骷髅样的文学作品。

而我偶然读到的王学军取名为《晌午的风景》这篇散文草稿，则形象丰满，画面感极强，地气弥漫缭绕……譬如："拉草人是一个五十多岁的中年妇女，和在这片大地上生息的所有劳动妇女一样，搭着橘黄色，布满沧桑的棉头巾，一身因为劳动显得邋遢的衣服，脸上布满了长期劳动的印痕。只是她目光坚忍，一脸安详。""田地的位置正好在大路的边上，偶尔就会有拉粮食或饲草的车子拖着一路灰尘喧嚣而过。秋天广袤的原野上，车子会越走越小，走进秘境。"

近日，王学军再另发他早完成的散文《怒放的青春》里，生动的放牧场景，鲜活的人物形象更是扑面而来，令我目不暇接。

王学军的散文书写能达到如此境界，是因为他一直浸泡在文学艺术的创作源泉中。除此之外，当然还跟他敏锐的艺术捕捉力不无关系。

有无艺术捕捉力或说有无艺术眼光，是艺术家与凡人之别。艺术眼光或说艺术捕捉力的卓越，是成就艺术家业绩大小的前提条件。

王学军的艺术眼光很高，艺术捕捉力也极强。所以他的散文作品里处处点缀着很多独特、新颖的细节，譬如：“拉草的车子擦身而过。最后的一瞬，我发现她的两腿间居然还站着一个孩子！只露出一个留着一撮毛、小小的尖脑袋。”“让我惊讶的是，她的两腿间电动三轮狭小的踏板上同样站着一个小男孩，只是小男孩戴着棉帽子看不清面容。”《怒放的青春》里，这样的细节就更是美不胜收了，几乎是铺天盖地而来。王学军就用“主题思想”这根线，把这些细节串联成一条熠熠生辉的珍珠，成就了自己独具特色的散文作品。

诗人出身的王学军，在散文写作上，一以贯之用字的简练、精准。譬如：“每到秋天，我总是一个人陷在秋收的田野上”“十点刚过，太阳的光芒就开始偷偷的蜇人”……“陷”“蜇”等字，不仅特别生动形象，而且更能给读者创造出一个个很大的想象空间。

王学军在遣词造句上，也高于那类平庸作者，胜人一筹。譬如：“每到秋天，我总是一个人陷在秋收的田野上，在劳累而又紧凑的忙碌里独自奔波。”“劳累”“紧凑”“忙碌”“奔波”，用很普通的几个词，一层层地递进，把独自一人秋收的辛苦，淋漓尽致地展现在读者眼前。再譬如：“每年两个多月，我都在超过身高很多的玉米林里流着汗水跋涉。”

这里，王学军避开一般作者的惯用手法，不用茂盛葳蕤之类现成的词语去描写玉米林的长势，而是用“超过身高很多”这个看似很土，但尤为形象的百姓语言，写出了玉米林的状况，让读者切身感受到了“我”在其间劳作时的憋闷、压抑等艰辛，继而能想象出人生的艰难。

有了丰富的人生积累，深厚的文字功底，敏锐的艺术眼光，极强的表达能力，王学军的散文呈现在我眼前的便纯粹是一幕电影、一幅画卷了。这是文学创作者成功的表现。当然，仅此还不算是优秀的文学创作者。一位优秀的文学创作者，其作品不仅有强烈的画面感，栩栩如生的人物，充沛的情感世界，更应该有深邃的哲学天地。

王学军的散文，在自然而然的精雕细刻中，红、绿、黄、灰等七彩纷显，酸、甜、苦、辣等五味俱全，忧、思、喜、乐等七情涌现。此外，人生哲学和生活哲理不凡其中。单就刚过四千字，属于草稿的《晌午的风景》这篇散文，容量就不小：风土人情，景物天气，年景丰歉，市场行情，生存艰难，积极进取……尤其难能可贵的是真实地呈现了回民的生存现状和作者的心路历程。且真实呈现的回民生存现状中，灰暗中有明亮，明亮里也有阴幽，阴幽下又不失喜悦……如此多姿多彩。

譬如：年景的不如意让人难免有灰暗的心理，但那位五十多岁，经常带着小孩，开着三轮车拉草的妇人，却给了灰暗世界里一股明亮的色彩。可明亮下，“我”的父亲因为年旱而无草喂养羊子，生活因而又阴幽起来。然而意料之外的是那位经常拉草的妇人，慷慨赐予“我”父亲一些陈年旧草，解了父亲的燃眉之急。阴幽生活中有了喜悦……

在作者情感的表达或者说内心世界的展示上，也采用了跌宕起伏的艺术手法。譬如：“十点以后，等妻送早饭来。其时我已经一身轻松，玉米放倒了一大片，坐在明亮的阳光中一边休息一边吃饭很是惬意。”“中午的太阳露出沉闷的目光看着衰败的大地，视野枯黄，我的状态差到了极点，甚至对身边和家里的事情都一片麻木。”“2017 年秋天，那道熟悉而动人的风景最初在大路上移动，最后走进了我的心里，如同一泓潺潺流水，悄悄地滋养着我干涸的心田。我看到远方的田野，绿意苒苒。”……如此时喜时忧，时愁时乐，一波三折地表达出作者丰富的情感天地和多彩的内心世界。让读者从中感受了作者的喜怒哀乐，领略了回民逼真的生活气息和那方泥土的芳香。

我历来认为，每个人的生活都是独特的；每个民族的文化都是独有的。所以，对一个文学创作者来说，其实很多时候，用不着胡编乱造，真实地记录下个人的所思所为所感和自己民族的文化历史，对别人和外民族来讲都是很新鲜的，因而也会成为优秀的作品。

王学军正在走这条不错的创作路子。他散文里我所熟悉的那种乡村生活场景及情感世界和心路历程，深深打动了我。我很敬佩他的好学精神，更羡慕他的艺术才华。他在艰难的生存中，毅然坚持自学，靠不凡的艺术天赋，已经取得了不错的成绩。他是用生命在书写，用灵魂在唱歌。

他参加马来西亚国际伊斯兰大学举办的穆斯林汉语创作大赛，获得新月文学奖。2016 年初，受邀前往马来西亚国际伊斯兰大学领奖。

自搞文学创作以来，王学军在《民族文汇》《回族文学》等刊物上不断发表作品。眼下又有两篇散文，《民族文汇》《回族文学》已经通过三审，有望在 2018 年发表。

2017 年获中国作协少数民族重点作品扶持的散文集《遗失的手稿》，正在加紧创作中。

2017 年，王学军获得了吴忠市优秀作家奖。

在加紧创作散文，还不时抽空帮一些刊物编辑诗歌的同时，王学军的笔触开始伸向了小说创作领域。

凭王学军的生活经历，艺术悟性和执着精神，我相信，不久的将来，他一定会在小说创作上取得更大成绩的。

（几黑阿普，四川人，彝族著名小说家。彝族学人之间有诗有吉狄马加小说有杨林文之说。杨林文就是阿普的汉语名字。）

撕裂伤口的痛楚

——王学军和他的诗歌印象

文 / 无言

一

在微信群见到网名“本老王”，心想大概一定是五十开外的人，也是在微信群，听有人转发智慧宫电台，新月文学奖获奖作品《遗失的手稿》，才知道这个老王还不简单。其实，引起我兴趣的，还不是莉莉主播的《遗失的手稿》，而是他在群里发的另一首诗《韦州随笔》。里面有这样的句子，让人惊心。

老人们排起长队，走向坟墓
他们用精致的嗓音为自己唱赞歌
用隐藏的白发制笔，把历史写成弯曲的墓碑
芦笛奏出最初的旋乐，怀抱姓氏的男人
丢失了身体，无家可归
……

这种直抵内里的深刻思考，流露着血性的铿锵之音，犹如霹雳雷鸣，在耳边轰响。又如一把利刃，切开我们熟悉、麻木的美丽外衣，将内里伤口疤痕，赤裸裸地呈现于眼前，让人觉得触目惊心。于是，有一个强烈的念头浮起，见见本老王。

五月端午，这个斋月的第四天，我们驱车前往红寺堡的柳泉，去看传说中那个一边放羊一边写诗“羊倌诗人”本老王。

红寺堡在宁夏中部，县城大概也就十多年的历史。这里原先是一片荒漠，周边驻民大多是西海固山区迁移的农民。村子建设是围绕着黄河泵站依次展开，命名也是以灌溉渠为名，如一干渠多少支，以此类推。

在红寺堡县城，我们给本老王打了电话，得知他在三十八支。同行的西北草大哥家就在二十八支，自然不会陌生，他说还有十几公里吧。在他的指引下，在一个十字街口掉头左转，沿着太阳山方向的公路，向东疾驰。

跟南部山区相比，红寺堡属于平原，一马平川。大漠黄沙在引黄水的浇灌下，经过数十年移民的辛勤耕作，公路两畔绿树成荫，农田肥沃。但随着车子的前行，三十八支越来越近，树木逐渐变得稀少，裸露的荒原呈现得越来越多。想必这是移民村时间相对较短的缘故吧。

就在绿色尽头，公路的一侧，穿着浅蓝色半袖衫的本老王，冲我们走过头返回的车子招手。

二

本老王并不老，三十出头，较瘦。或许是长年干农活儿的缘故吧，皮肤黑红，但一点儿都不显老，虽然瘦，给人的感觉却是很精神。

在本老王简陋的屋子里，我们首先去看他的藏书，里屋的套间，连着锅碗瓢盆，两个塞得满满的简易书架。他的藏书除了文学外，大多是伊斯兰文化方面的书籍。

在外屋的圆桌旁，我们静听本老王讲述他的童年和他学习、求知、写诗的心路历程。

红寺堡的五月，要比固原显得热一些。屋外，阳光耀眼，远处的罗山跟周边的土地一样，泛着令人焦烁的黄褐色。由于封斋加之说话太多，本老王开合的嘴唇明显干裂泛白，但这丝毫并没有减弱他的健谈，或许，是因为曾经翻阅《星光》的记忆，而今的一见如故吧。

细算也不过二三十年，但听起来那么久远，好像隔了几个世纪。本老王说，他小的时候，父辈们过的还是半游牧生活，夏天，在村子周边牧羊，到了冬天，则会赶着羊群迁徙到山里过冬。一到山里，去学校的路途更远了，有二十多里地。有一年冬天，下了场大雪，没法去学校。第二天早上，父亲二话没说，把他领到羊圈，给了他一根羊鞭，点了羊的数量，说你现在放羊去吧。那一年，本老王十一岁。

巴西作家有本誉冠全球的名著《牧羊少年的奇幻之旅》，所描写的主人公牧羊少年，最初是通过羊群学到很多知识。我们的主人公本老王是不是也从羊群获得灵感，不得而知，但有一点可以肯定的是，这个曾经的牧羊少年，他瘦弱的双手握着比他高出许多的羊鞭，赶着羊群，在广袤的罗山脚下，翻越梁梁峁峁、蹚过坑坑洼洼，迎着朔风凌厉，顶着烈日酷暑，在度过漫长的十三个年头里，求知欲望是多么的强烈！这我们可以从获得新月文学奖的纪实散文《遗失的手稿》中窥见一二。还有能让我们管窥的是，他对《星光》的那份感情与挚爱——今天在我看来，当初那么的稚嫩与寒酸的《星光》，则是他的文学启蒙，是他每期都翘首以盼的稀罕读物。

三

前几天跟贵州一位作家聊天，聊她的诗作，聊到阿麦的诗与他底层多年的生活环境与阅历。艺术源于生活又高于生活是不争的事实。文学的根须如果不扎进生活的土壤，不是“一边吃着羊羔肉一边作诗慨叹宰羊多么残忍”的酸腐，就是躺在空调凉房无病呻吟的文字游戏。对于写作者来说，生活阅历是创作的源泉，是宝贵的财富。不身临其境，没有深刻感受，文字怎么会有饱满的情感，又怎样直抵读者的心灵？

黄土高原的胸膛从这里舒展开来
旱渴的平原上摆放着村庄
稀疏的树林，丘陵，干枯的河床和一望无际的麦田
正是五月，乳色的诱人麦香在甜甜的风中飞扬……

正是在罗山脚下十三年的牧羊经历，使本老王对罗山的草木罗山的人有着非同寻常的熟悉与感受。我们从他的组诗《下马关浅唱》可以看出，文学不仅是生活的浓缩与提炼，更因为有着非同寻常的熟悉与感受，写起来情深意至，更显得游刃有余。从“今天，十二月的乌云正在酝酿寒冷 / 岁月沉醉，北风呜咽”到“下马关。十年前。那个在我家门前 / 跃动成风景的邻家姑娘，远嫁他乡”，本老王通过诗句的韵律意象，将普通人眼里土得掉渣的堡子下马关，给读者营造出别样诗意的沧桑美感，带给我们更多的有关人生的思考、思绪与遐想。

太阳登上了古老的大郎顶。
午后的阳光携带着干燥的馨香。下马关
平原，村庄，树木，沉睡的大地
阳光洁净如洗，新鲜的光亮中视野陈旧
东山上的风车在寂寞的时光里
旋转。时间悄悄抽离。平原上
散落的移民村庄如羊群，奔跑在寒风中，满眼迷离
下马关。北寺门外的经书铺子，以及
南门口那个卖书的美女，（她有着甜甜的口音，穿着绣花长裙）

哪里去了，我的眼眸丢失了熟悉的身影

寺门外，几个老人在暖暖的太阳下打盹
鸽子消失，天空寂寞成令人心碎的暗蓝，无边无际

我并不想从语言文字、创作手法去评价本老王的诗，从这种角度去评价，比我有更专业的人。我的兴趣点是本老王其人。他能打动我的，我想不仅是诗，而是在那样艰苦的环境中，他的求知如渴、他的坚持不懈阅读、他的艰辛付出、他的努力与汗水，而这些品质，恰恰是这个浮躁时代普遍缺乏少有的。

四

跟本老王谈到他的诗，谈到那首让人感到疼痛的《韦州随笔》，谈到我们周边，谈到穆斯林的现状，话题似乎触及了在场每人心底的焦虑与痛楚。有关韦州的疼痛其实是我们今天所有人的疼痛——这不仅仅是我们民族和文化所面临的，广义地讲是我们这个时代所面临困境或承受的痛楚。“当传统被解构颠覆后，新的传统还未建立起来时，我们究竟何去何从？”这种迷茫与焦灼，乃至疼痛，难道会成为文学表达、成为人文思考的主格调与主旋律？

听本老王谈这种焦灼的疼痛感，再品味他《韦州随笔》辛辣却舐犊情深的诗句，我的脑海里，有关“羊倌诗人”的感念一扫而光。跟诗人拉扯到一起的“羊倌”也好，“脑瘫”也罢，无一不是噱头和卖点，也无不反映出这个时代媒体、文学、文化的堕落与腐化。“脑瘫”能写出诗，人们感到新鲜，“羊倌”能写出诗，人们越发感到好奇，而诗人的精神世界，文学的人文精神却被媒体忽略，被大众忽视。由此，我捕捉到本老王内心深处的疼痛，它不仅是每天十多小时的辛勤劳作和生活艰辛带来的无奈与压力，是卖掉放了十三年羊后十多万元的负债带来的疼痛——而是底层

民众共有的疼痛——它关乎身份认同、价值体现，关乎平等、公平与正义等等。

由此，我想到张承志著名的一句话：向常识求知。他曾在文章中有深刻描述“天下万民，生而知之”，“鲜活的民众生活中藏着正确的解释”，呼吁“智识阶层”尊重民间大众，因为“底层民众才是文明的主体与创造者”。但民众却“不善言谈与表述”，所谓的“研究与深奥的学科原理，无非是一些生活常识而已”。

我想，学科、研究如此，诗歌、文学、人文精神，何尝不是如此？

让那个带着噱头与贬义的“羊倌诗人”，连同某位著名文人曾说：“放羊的不好好放羊，写什么诗？”一同见鬼去吧！那些依附于民族、民众，用文字技巧榨取“文明主体和创造者”血汗，为自己博取荣耀却鄙视给他们提供养分阶层的文人，其实，他们并不比一个放羊的高贵多少。

我相信，明天，底层生活中质朴的、接近原生态的文学呈现，将是文学乃至文化的生命原动力，对人的尊重、对底层民众的关怀与爱，一定会回归为人文精神的主旋律。

环境能改变人。本老王在八月份将赴鲁迅文学院深造，我心里默默祈祷，但愿他不要随着出书成名，随着环境的变化，变成一个追逐名利的纯粹文人，而丢掉最本质、最纯真、最宝贵的生命体验和生命本真。

（无言，本命周志礼，宁夏固原人，回族民间文化的推动者，回族民间学者。）

感恩与前行（代后记）

我的青年时期是在原始的牧羊的状态下度过的，更是在对书籍的渴望中度过的。对未知世界的无限好奇，对偶有所得的深切感动，对思维世界的热情迷恋深深地诱惑着青春，勤奋而卑微的我。我的人生没有其他乐事，仅此一项，已经足够经营。

而找书的途径和遇到的有书的人就各种各样了。有一次，和一个刚从经堂回家的兄长在一起放羊，偶然就知道了他手里有几本书，一下子就惦记上了。他当时是一个鸽子狂，他在搜寻鸽子我在搜寻书，这样就有了合作的可能。

随后的几天里我成了一个热情的鸽子收集者。我认识的养鸽子的同龄人不少，农村人又和气，所以不到一周，刚从经堂出来的兄长手里仅有的几本书就装在了我的背包里。

武侠和言情是那时的畅销书。我的家乡是最淳厚的回族村落，能找到的书有很大比例的宗教读物。而这次得到的书中，一本精美的口袋书令我爱不释手，玩味不已。

那时还不是书籍装帧精美的时代，偶然遇到这样漂亮的小书自然珍爱不已。那烫金的封面上，《真境花园》几个字让我激动地颤抖。

这是一本由古典波斯语翻译而来的劝善类叙事诗集，内容幽默风趣，寓意深远，文体短小精湛读来回味无穷。前言里的介绍文字说，这是一部中国伊斯兰教经堂教育教材中的文学读本，也是世界文学中最具特色的经典文本。

关于伊斯兰教文献我已经读了很多，经堂教育也多有了解，只是和那些来自阿拉伯语的严肃文献不同的是，这本来自波斯语的文学经典最具异国情调，最具有民俗民风，更具有令人感动的真实场景和异国他乡的语言魅力。

从来还没有想到过读一本书会变得如此有趣，如此轻松还能如此难忘。

那天以后我才知道了，除了宗教文献的循循善诱外，文学更是一个令人心动的丰富多彩的世界。也就是从那以后，我开始对文学作品有了别样的偏爱。

正是武侠小说畅销的岁月，几年时间里我读了乱七八糟的一大堆。对自己家族流变的追寻与问知促使我同时读了更多的宗教文本。如今想来，青春岁月的嗜书如命，把我带入了两个迥然不同的，丰繁的思想世界里。

今天仔细想来，我应该感恩那个激情的时代，那个每个人都有侠义情怀的时代，那个每个人都因为梦努力向上的时代。我在与世无争中沉默在劳动与阅读的世界里，让岁月丰沃地流逝。

后来，我们祖祖辈辈所赖以生存的牧业生态发生了突变，千里沃野在黄河水的滋润下变成了良田，我们的生命轨迹开始改变。生计方式改变后，我突然发现了叙事的紧迫。

默默无闻的回族牧羊群体，我居然是亲历其真实样态的最后一代，诗意生活的失去，迫我沉思，于是就诞生了文字。

又是几年过去了，当我终于试着要把牵肠挂肚的文字集结的时候，更多的思绪震撼着我。这么多年的忘我追寻，居然得到了谅解和包容。

我感谢生活，虽然每一份生计都汗水淋淋，但是我却收获了感动与真实。我却收获了严父的理解，我却收获了妻女的包容和不曾舍弃，就这份物质回报贫乏的理想，我还能要求更多吗。

还有什么能如此的令人感动。

在我人生的第一部文集终于有机会可以出版的时候，我只有激励自己走下去，生活是丰沃的，笔下的河流将汹涌不息。

在此，我特别感谢鲁迅文学院的邱华栋院长，感谢他激励我整理并出版这部文集。感谢这几年给我帮助的朋友们，拥有你们，世间就拥有了太多可能。

2018年9月9日

（于从天津归来的火车上）

图书在版编目（CIP）数据

遗失的手稿 / 王学军 著. -- 北京 : 作家出版社，2018. 11（2023.2重印）

（中国多民族文学丛书）

ISBN 978-7-5212-0281-6

Ⅰ. ①遗… Ⅱ. ①王… Ⅲ. ①散文集 – 中国 – 当代 Ⅳ. ①I267

中国版本图书馆CIP数据核字（2018）第273096号

遗失的手稿

作　　者：王学军
责任编辑：李亚梓
特约编辑：谭　杰
装帧设计：孙惟静
出版发行：作家出版社有限公司
社　　址：北京农展馆南里10号　　　**邮　　编**：100125
电话传真：86-10-65067186（发行中心及邮购部）
86-10-65004079（总编室）
E-mail:zuojia@zuojia.net.cn
http://www.haozuojia.com（作家在线）
印　　刷：固安兰星球彩色印刷有限公司
成品尺寸：170 × 240
字　　数：188千
印　　张：13.5
版　　次：2019年1月第1版
印　　次：2023年2月第2次印刷
ISBN 978-7-5212-0281-6
定　　价：35. 00元